公元787年，唐封疆大吏马总集诸子精华，编著成《意林》一书6卷，流传至今

意林：始于公元787年，距今1200余年

意林®

一则故事　改变一生

十八而志

你 将 来 想 成 为 谁 ， 取 决 于 你 此 刻 是 谁

十 八 而 志 ， 送 给 自 己 的 特 别 成 人 礼

十八岁，是决定我们一生命运的时刻

十八而志，志在抵达，

是生命中最重要的成人礼。

十八而志，志在立志，是知道你想要什么样的未来，

想成为怎样的人，想过上怎样的生活，并为之努力。

十八而志，志在独立，从今天开始学会生存，学会觅食。

韩寒说，找到自己所热爱的，千万不要放弃，千万不要怕被人嘲笑，因为无论你做什么都会有一群人在背后笑你，你做得好做得坏都会有人在笑你。

——解亚坤

别人万语千赞，不如你心有一念。

——邓志娟

我不想去证明什么，只想这个世界，因为有我，会有那么一点点不同。

——廉荣臻

“谁对你的人生负责，谁的意见才最重要。”你的生活别样精彩，就别让别人来指手画脚了吧！

——刘思遥

有时我们总是很在乎别人眼中的自己，却忘了自己本来的样子。你的人生不需要别人点赞，做你自己，过得充实满足就好。

——孟晓雯

前行的路上，我们不能总活在别人的目光中，无人点赞也罢，只要实现了自己的目标，自己为自己点赞才骄傲。

——许之贤

无人理睬时，坚定执着；万人敬仰时，心如止水。
别人的耳鼻眼口决定不了你的壮志山河。
你的人生不需要别人点赞。

——杨瑜婷

做真正的自己，纵然无人点赞，我们依然可以将自己的人生过得精彩。

——翟爽

你说，你做了个梦，梦里的人生无须别人点赞，只有一位光着脚丫的姑娘，写着寥寥的文字，谈着淡淡的人生。

——张阿娟

不为别人的嘴巴，辛苦自己的耳朵。不借别人的火，点燃自己的心。

——赵添天

你的人生无须任何人点赞，活出自己的精彩。

——黄磊

平凡人生千千万，不缺你一个。

——蔡燕

去做你要做的事，过你想过的生活，这才对得起夹在期盼与回忆之间那段无悔的青春。你的人生是自己的，不需要别人点赞。

——董腾

灵魂是一面镜子，它可以照出最真实的自己。

——许树平

《你的人生不需要别人点赞》

书前故事：

@等风来：

身高161cm，体重89斤，可在体能测试的时候，却一个标准的仰卧起坐都做不起来，只能一周后补考，当天我都不知道和谁诉说，因为我是全班唯一一个仰卧起坐都做不来的人。绝对不夸张。欲哭无泪，可考试必须过，于是第一天一有空就爬到床上扯着自己的裤子做，一分钟勉强20个，第二天还是二十一二，主要是全身都痛，都不好意思哭，最多眼眶湿一下，室友也像看怪人一样，不过还是帮我压腿了，我们及格是一分钟25个，经过一周的咬牙努力，我一分钟做到了30个。心中的信念是，这是普通人都能做到的，你连普通人都不如？就这样坚持下来了。

@桃之夭夭：

大学最后一个学期即将开始，我却睡不着，大学五年，有一年的学费是向亲戚借的，有两年的学费是助学贷款，还有两年的学费和住宿费还欠着学校！年前兼职每天奔波，一个月左右挣了4500元，给家里买了年货，24年来第一次没有接受父亲给的压岁钱，第一次给爸妈发了过年红包！明天给朋友打电话借一万元，加上兼职剩余的钱，终于可以把欠学校的还上了。

@默上草薰：

我是个很要强的人。小时候的自己一直都争做第一。可慢慢地我厌倦了，不玩了。6月23日就要中考了，考上理想的高中是我现在唯一的切近的梦想，我会告诉自己，别忘了你当初是第一名，别忘了你当初为何出发，你也会优秀到和其他人并肩。或许中考会一切顺利，而我的这个梦想会实现，会继续向我下一个梦想出发。不管有多少艰难，我想，我会一直告诉自己，享受过程，争取最好，不忘初心，知行合一。

@Katrina：

从一名学生党转变成职业人是不容易的。今天是我人生中开始工作的第三天，各种不适应，各种做错事，各种手忙脚乱。这使我深刻感受到做一名优秀的幼儿教师是多么难。可是我不怕，既然选择了背井离乡，选择了大城市，选择了这一行业，我就要逼着自己进步，去慢慢实现自己的梦想！我一定要坚持。

你的人生不需要别人点赞

NIDE RENSHENG
BUXUYAO BIEREN DIANZAN

《意林》编辑部　主编

SHIBA ER ZHI 十八而志

吉林摄影出版社
·长春·

你的人生不需要别人点赞

图书在版编目（CIP）数据

你的人生不需要别人点赞 /《意林》编辑部主编. -- 长春：吉林摄影出版社，2016.5
（十八而志）
ISBN 978-7-5498-2560-8

Ⅰ.①你… Ⅱ.①意… Ⅲ.①故事－作品集－中国－当代 Ⅳ.①I247.8

中国版本图书馆CIP数据核字(2016)第089402号

你的人生不需要别人点赞 NIDE RENSHENG BUXUYAO BIEREN DIANZAN

项目出品　意林松果阅读
出 版 人　孙洪军
主　　编　顾　平　杜普洲
责任编辑　施　岚
总 策 划　蔡　燕
丛书统筹　黄　磊
策划编辑　杨瑜婷　黄　磊
特约编辑　张亦苓
设计总监　资　源
封面设计　资　源
美术编辑　金　宇
开　　本　700mm×1000mm 1/16
字　　数　280千字
印　　张　17.25
版　　次　2016年5月第1版
印　　次　2016年5月第1次印刷

出　　版　吉林摄影出版社
发　　行　吉林摄影出版社
地　　址　长春市泰来街1825号
　　　　　邮　编：130062
电　　话　总编办　0431-86012616
　　　　　发行科　0431-86012602
网　　址　www.jlsycbs.net
经　　销　全国各地新华书店
印　　刷　北京嘉业印刷厂

书　　号：ISBN 978-7-5498-2560-8　　定　　价：29.80 元

启　事

本书编选时参阅了部分报刊和著作，我们未能与部分作品的文字作者、漫画作者以及插画作者取得联系，在此深表歉意。请各位作者见到本书后及时与我们联系，以便按国家相关规定支付稿酬及赠送样书。

地址：北京市朝阳区南磨房路 37 号华腾北搪商务大厦 1501 室《意林》编辑部（100022）

电话：010-51908602

目录

CONTENTS

第一章 以梦为马，轻驰疆场

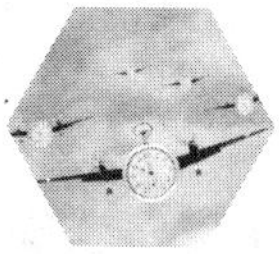

奥巴马的“荒野求生” 王　玮 / 003

如何成为林志颖 黄佟佟 / 006

要出名，趁早想 淳　君 / 008

人生的幸运石 陈　勇 / 010

从“小豆豆”到“老豆豆” 唐辛子 / 013

谁让我是世界第一 ［塞尔维亚］诺瓦克・德约科维奇 / 016

因为喜欢，所以成功 田　野 / 019

张大中的华丽转身 陈志宏 / 023

资本之王桑迪・威尔的“1 + 1 = 4”财富人生 陈亦权 / 026

普通青年爱因斯坦 宣金学 / 028

每个人都该感谢阿兰・图灵 张云　李奥 / 031

亚马孙女王 庞　礴 / 035

飞人尼克，要么刷新纪录，要么粉身碎骨 李　雨 / 038

门雕神匠高应美 董改正 / 040

被踢出来的音乐大师 小小Z / 043

这个逆袭真是强 刘强东 / 046

小皇帝詹姆斯：人生目标是当亿万富翁 Kewell / 050

曼德拉：成为一个人 卢　悦 / 054

胡雪岩跳槽的艺术 黄龙霖 / 059

第二章 前路漫漫，与你为伴

Priscilla Chan：她凭什么嫁给扎克伯格 郭 娇 / 063

她的伟大与海明威无关 水木丁 / 066

我给Lady Gaga做衣服 赣 江 / 069

富翁太太都是谁 ［日］新井一二三 / 072

“圈子”就是财富吗 苗向东 / 075

天才住在我家隔壁 范 真 / 078

为什么你要和靠谱儿的人在一起 风清扬 / 080

刘姥姥的破局功夫 赵 炎 / 083

刘伯温的隐与显 周 礼 / 085

如何成为关键人物的圈内人 俞 茵 / 087

牛过总统，你就可以嫁给总统了 席 越 / 089

第三章 我就是我，生如烟火

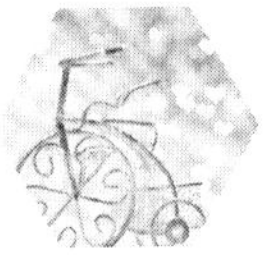

李嘉诚的精明和厚道 何鹏飞 / 095

人生是拼图，不是蓝图 苏 国 / 097

成吉思汗的管理学 李哲民 / 099

你永远不会从成功人士嘴里听到的说法 刘少宇 / 101

是“稿费效应”成就了金庸和古龙 雪吹桃源 / 104

猛人被大佬鄙视了，于是世界改变了 六神磊磊 / 106

让《焦点访谈》活下来的秘密工作手册 敬一丹 / 110

Angelababy：别叫我“女神”，叫我“女财神” 临 风 / 112

为何诸葛亮是最忠贞经理人 刘黎平 / 117

你能把生活扇的耳光变成蜜糖吗 肥 桃 / 120

栽跟头要趁早 荷衣蕙带 / 123

李嘉诚与曼德拉的长寿三模型 谭 昊 / 125

凭本事吃饭的沙特王子 吕保军 / 128

盛大陈天桥空手套白狼　张　翔 / 130
使钱有术　大江东去 / 132
曹丕胜在话少布局　梁阁亭 / 134
妥协的意义　魏晓彦　张君燕 / 136

第四章 成功之道，唯此而已

杂学成就左宗棠　徐志频 / 141
每个人的名字，都是攻心的咒语　罗　毅 / 143
少了这些品质“土豪”变“好土”　任天军 / 145
曾国藩的眼力　何诚斌 / 148
胡雪岩：“烧冷灶”名利双收　段奇清 / 150
孙权的备胎智慧　赵　炎 / 152
“饥饿”的扎克伯格　陆　离 / 155
日本首富的忍术　徐静波 / 157
王阳明的呆气　岑燮钧 / 160
“自黑”：成功者的名片　戴晓雪 / 163
施粥的方法　石亚明 / 166
袁世凯的“低”　清风慕竹 / 168
“干大事的从来不要脸”　王　芳 / 171
贝爷荒野求“金”　［英］贝尔·格里尔斯 / 173
捡漏儿其实是挑心　张珠容 / 175
明星的“饥饿游戏”　盂　静 / 177
在古代，一本畅销书是如何养成的　乔　娟 / 179
人与人之间，兜售“感觉”比兜售“能力”更重要　Afra Tan / 181
吃神大仲马：写作使其富有，耽吃使其贫困　龙　隐 / 185
三星老总为谁鞠躬两小时　徐立新 / 189

第五章 暗夜逐光，终成传奇

拳王哲学：有城府，无恩怨　雷晓宇 / 195

恺撒当人质　马徐骏 / 198

“姚黑”和“姚蜜”的告密信　[美] 莱斯利·亚历山大 / 201

林志颖：我的三观都是赛车教的　林志颖 / 203

垃圾山上的“好莱坞先生”　沈　湘 / 206

出门如见大宾　姜仲华 / 210

你可以不是豪门，但是要有门风与涵养　于　丹 / 212

喝过一半的咖啡不能退　孙建勇 / 214

让马云啧啧称赞的酒店　张建中 / 216

你的生命有什么可能　古　典 / 219

“逆袭”惊艳我们的不是成功，而是向上的姿态　李筱懿 / 221

德国的超级富豪超低调　[英] 埃蒂芬·埃文斯 / 224

作为读者的扎克伯格　龙　隐 / 226

总在雪中送炭，不敢锦上添花　何　炅 / 230

苏珊大妈的梦想自白　[英] 苏珊·博伊尔 / 233

张越：胖亦能立　张　越 / 237

让《变形金刚》喝中国牛奶的女人　赵喜斌 / 240

“阅后即焚”之父：很牛很酷很拽　董　婧 / 243

总有一个梦想能在现实中开花　安　宁 / 245

《琅琊榜》里最聪明的人竟然是他　程　霄 / 248

把理想推远一点儿　陈亦权 / 251

放下矜持和犹豫　刘志坚 / 254

趴下，是为了更好地站起　清风慕竹 / 257

失败也是一种选项　杨　澜 / 260

微软的“小气”与谷歌的“大方”　佚　名 / 263

第一章

以梦为马，轻驰疆场

每天早上叫醒你的不是闹钟，而是梦想。

梦想无论怎样模糊，总潜伏在我们心底，使我们的心境永远得不到宁静，直到这些梦想成为事实才止；像种子在地下一样，一定要萌芽滋长，伸出地面来，寻找阳光。

——林语堂

奥巴马的“荒野求生”

王　玮

美国总统奥巴马正在阿拉斯加参加美国最火爆的野外生存真人秀，此事立刻成为热门话题。

“让总统喝掉自己的尿”

2015年8月31日，奥巴马启程前往地处美国最北部的阿拉斯加州，3天行程里，他最引人注目的活动便是参加《荒野求生》的录制。

《荒野求生》是一档“超越人类极限，在绝境中求生存”的真人秀节目，参加者的“求生任务”包括吃老鼠肉、从飞机上一跃而下、徒步穿越沙漠等。主持人格瑞斯被称为“食物链顶端的男人”，虫子、生肉什么都吃，甚至喝过自己的尿。

对奥巴马参加《荒野求生》，美国网友多数抱着看热闹的态度。有人挖苦说，这期节目恐怕会变成“假人秀”，因为特工们会如影随形地跟着奥巴马，真正危险的事情他根本不会做；有人嘲讽奥巴马的“冒险秀”是模仿普京，“这不是普京才会做的事情吗？”有媒体称：“但愿奥巴马能逃过喝牦牛血解渴的环节。”还有人上白宫网站请愿，发起了“让奥巴马在节目中喝掉自己的尿”的活动，甚至筹集了400多人的签名支持。网友问：“总统大人会为了求生喝下自己的尿吗？”格瑞斯回答：“但愿不会到这个份儿上。”据说，他提出的一些“出格”的拍摄方案被否定——美国特勤局可不敢拿奥巴马的身体开玩笑。

这期节目已经完成录制，NBC（美国广播公司）播了一个片段。格瑞斯掏出半条生鲑鱼告诉奥巴马，这是阿拉斯加棕熊吃剩、藏在河边苔藓下的。他切下两片鱼肉，在一块铁皮上烤了一下，一人一片。奥巴马咬了一小口说："格瑞斯不算好厨师，但这鱼味道不错。"然后把鱼全吞下了。奥巴马说："我觉得鲑鱼很不错，如果有饼干配着一起吃更好。但似乎没有必要告诉我这是熊吃剩的。"

"运动达人"底子好

奥巴马没格瑞斯那么"野蛮"，可也没有那么脆弱。热爱运动的他身体素质极佳。

40多岁时，奥巴马每天早晨起床的第一件事就是锻炼，一周6天，周一、周三、周五进行有氧运动，如快跑、踩单车；周二、周四、周六进行重量训练，如举哑铃、卧推杠铃，每次45分钟，有时甚至达到90分钟，训练强度几乎达到了专业运动员的水准。在吃的方面，奥巴马也很注意。他爱吃菠菜和花椰菜，很少吃甜食和油炸食品，晚餐只吃白肉，不吃红肉，喝茶只喝不含咖啡因的黑莓茶。他的胸围、腰围一度分别"塑"到1.15米和0.83米，呈现出完美的倒三角形。

当总统这些年，奥巴马在健身方面依旧没有松懈。2014年6月访问波兰期间，他在华沙酒店健身房穿着深色运动衣举着哑铃，运动了半个多小时才回到房间。

奥巴马还是篮球发烧友，两次竞选期间都不忘打球，经常以此来减压，有一次一口气打了6个多小时。在白宫，他经常拉着小自己20岁的助手一起打篮球。他的技术挺好，有人因此称他为"奥巴马轰炸机"。对这位运动达人来说，根本不用担心他在《荒野求生》里会"掉队"。

醉翁之意不在“玩”

奥巴马“玩野”，究竟是何用意？

有人揣测，奥巴马是为和普京抢风头。2015年8月30日，普京与俄罗斯总理梅德韦杰夫在索契一起健身锻炼秀肌肉的照片曝光后，次日奥巴马就宣布要参加《荒野求生》，这样的巧合，确实有点儿和普京对着干的意思。据说，2013年G8峰会期间，奥巴马也和普京“争夺”过酒店健身房，最后奥巴马“胜出”，普京跑到酒店外的湖中去游泳了。

有人分析，奥巴马的宣传团队强调，此行是美国首位在任总统到访北极圈，有与俄罗斯争夺势力范围之嫌。在此前，奥巴马曾要求美国国会尽快批准美国海岸警卫队增添至少一艘重型破冰船。这种破冰船每艘造价约10亿美元，需较长时间建造，目前美国拥有三艘，运行中的有两艘。奥巴马表示，美国决定将增加重型破冰船的日程由2022年提前至2020年。

还有一种看法认为，奥巴马是在为2016年的大选埋伏笔。

更多人的看法是，参加《荒野求生》节目拍摄，只是奥巴马阿拉斯加之行的一个噱头。他此行的真正目的，是展现自己“环保卫士”的形象。他参观了阿拉斯加基耐湾冰川国家公园，在冰川前拿起自拍杆录了一段视频，描述了冰川融化的情景，还上传到白宫的推特账户上。他还飞往因海平面上升而导致海岸线倒退的小镇科策布，以徒步和搭船的方式察看了消融的冰川。

在此次峰会上，奥巴马重申：“气候变化是本世纪头号威胁。在过去的60年里，阿拉斯加的温度上升速度是美国其他地区的两倍。去年是阿拉斯加有记录以来最温暖的一年，全世界其他地方也一样。”

客观地说，奥巴马这回的真人秀表现得不错。减排问题获得了足够的关注度，白宫也在拉近总统与民众距离方面发明了一个新招。

如何成为林志颖

黄佟佟

一个单亲家庭的男孩，长得过分甜美、害羞、敏感，要命的是还不大会念书，将来会成为什么样的人？

没有成为宅男，也没有成为舞男，更没有成为loser（失败者），他成了林志颖。

我还清楚地记得第一次见到林志颖的样子，在电视里，粉蓝色的花样美男，笑得甜如蜜糖，嗲嗲地唱《十七岁那年的雨季》……那时他17岁，外号小旋风，和同样嗲的伊能静相映成趣……那个时候最拉风的就是港台的明星，那个时候小伙子17岁姑娘才19岁——数一数年头，竟是20年前的事了。

一转眼，小姑娘结婚生娃转眼又离婚了，而小伙子呢？慢慢就失去了消息。他没有什么让人记得起来的作品，除了最开始的那几首歌。后来去当了不靠谱儿的烧钱的赛车手，摔断了一条腿，再后来他就成了传说中这个世界上最完美的男人：依然有着20年前俊朗的长相，同龄的郭德纲和他比起来简直像他爸爸；不但是一位出色的职业赛车手，同时还是成功的企业家，他开了一家成功的科技公司，他的家族生意有多少个亿，而与此同时，在最新最火的真人秀节目《爸爸去哪儿》里，他还是最贴心最温柔的好爸爸。天生明亮的气质、乐天知命的柔软让他把一切命运的黑暗都变成了完美的基石，过分控制的爸爸让他成为懂规矩的乖孩子，收很多情书成为他好人缘儿的前奏，不会读书让他专心去了华岗学演艺，而年少成名、多年沉寂的生涯又让他更懂得人世的艰辛，更懂得变通的道理。

我是不大相信完美的人，但林志颖的完美带着真诚、带着谦卑，是绝对的性格决定命运。不过说真的，还是有点儿嫉妒的，凭什么他那么好脾气、那么好运气？但当我听到采访他的记者回来汇报说他随身带了一背包的护肤品和保养品时，心里陡然产生了些许平衡，而当我听到他分享他的保养诀窍时油然生出的是敬佩。听说他的方法是“早上起来第一杯水很重要，一天要喝六杯水。要计算每天吃什么、摄取什么样的营养素，以及充足的睡眠、运动、作息。每一项加起来，才能达到百分之百”。——我忽然明白了要保持得像20年前一样年轻，就得过多么严格自控和了无生趣的生活。

你是懒的，人家是勤奋的；你是兴之所至的，人家是有纹有路的。自始至终，人生都是公平的——百分百的完美来自百分百的坚持，你做不到，就别怨自己运气不好。

要出名，趁早想

淳　君

“我真想成为他那样的人啊！”

无论是谁，都有自己崇拜的人、想成为的人。然而，人越长大越容易否定自己，认为“那种事我根本没有能力完成”，“我根本不可能成为那么了不起的人”，其实，真正的人生是从幻想开始的。

早在刚刚成立摇滚乐队时，我就暗暗发誓：总有一天，我要成为专业的音乐人。当时我并不确定别人心中对于这个目标到底有多坚定，但至少在我心里有一种莫名的自信。

一开始，我们都显得没什么才华，乐队出道的两年前，我曾幻想过“在大阪厚生年金会馆中号大厅中演出”。这个幻想一旦成形，我坐不住了，觉得非要实现它才行。我急忙向乐队的其他成员提议，但其他人根本没有认真考虑我的提议。

那是一个可以容纳一千多人的大厅，而当时“射乱Q”的粉丝只有五十到一百人。确实，冷静下来想想的话，他们的想法才是对的吧？但是要是连那点儿规模的大厅都坐不满，我们出道的梦想要到什么时候才能实现呢？于是我披露了自己实现幻想的计划——每天增加一个粉丝——将实现幻想的步骤进行具体分解。

这个方案具体来说就是要让我们乐队的粉丝在一年之后达到上千人。为了这个目标，我们必须提前半年在某个场馆举行演唱会，并保证到场观众达到六百人左右；在这场演唱会的三个月前，我们要在某个小型现场演出的场所进行演出并保证大约有三百名粉丝到场观看；这么算来，距现在最近的一场一个月后的演出，我们至少要动员一百名粉丝到场观看。

我们这个团队有五个人，所以要使粉丝人数在一个月后达到一百人，每人需要再发展二十名粉丝。而要在一个月内完成这个目标，每人每天只需发展一名自己的粉丝就够了。也就是说，我们只要每天增加一名粉丝，一年后，我们就可以在上千名粉丝面前开演唱会了。

这还不简单吗？我们可以在商业街和车站前发传单吆喝“我们要开演唱会了，可以请您前去观看吗”，也可以请咖啡店帮我们张贴宣传海报，还可以请朋友再介绍他们的朋友过来。分析我们应该做的事，最后得出的结论就是“发传单，邀请大家来看演唱会”而已。做这些事既不需要杰出的才能，也不需要特殊的努力。

最终，由于我们不能预约到厚生年金会馆的中号大厅，所以就在一个叫御堂会馆的大厅中开了演唱会。这是一个大约能容纳一千人的场馆。虽然这与我们最初的幻想和计划有点儿出入，但也算是实现了百分之九十左右吧！

让人意想不到的是，就在演唱会筹划过程中，有公司向我们伸出了橄榄枝，邀请我们作为职业音乐人出道。半年以后，我们终于凭借自己的单曲闪亮登场。

如果当年我没有突发奇想，没有坚持将幻想变为现实并付诸行动，那么现在的我肯定经历着完全不同的人生。

人生的幸运石

陈　勇

他6岁开始“创业经商”养家，12岁创办自己的公司，14岁成为百万富翁，20岁出书教人如何创业。这个颇具传奇色彩的人，就是当今美国最年轻的百万富翁、著名的“商界神童”——费拉·格雷。他用短短8年的时间就取得了许多人终其一生也无法达到的成就。小格雷自记事起，就觉得单身的母亲好像从来没有休息过。他睡觉时，妈妈还没有睡；他睡醒时，妈妈早已起床了。天长日久，小格雷真切地感受到了求生的艰难。后来妈妈由于劳累过度心脏病发作，小格雷对妈妈说：“我一定要做些事情来帮您！”

但是说起来容易做起来难，一个6岁的孩子，肩不能挑，手不能提，他能帮什么忙呢？更何况，在美国雇用童工是要受到法律的严厉制裁的。格雷在到处碰壁后仍没有灰心丧气，他坚信世上无难事，自己一定能想出办法来帮助母亲。既然求别人不行，不如自力更生。可哪里才有适合自己的赚钱门路呢？他天天观察思考，时时寻找灵感。

终于有一天，他发现了“新大陆”——他家的街道上到处是圆滑的石块，如果将这些石块变废为宝，岂不是财源滚滚？可如何变呢？经过深思熟虑，按照当地人的风俗习惯，他挑选一些漂亮的石块涂上美丽的颜色，写上祝福的文字或是画上吉祥的图案，然后挨家挨户敲门去推销自己的“产品”。

每到一家，他大声地敲门，大方地跟大人们握手。然后有板有眼地推销：“你愿意买下这块‘幸运石’吗？虽然便宜，但作用不小，它能用来做镇纸、门脚夹或者压书具。”人们往往会疑惑地问：“这不是街道上那些小石头吗？”小格雷眨着眼睛，毫不避讳地解释：“是的，但是您没发现它跟以前躺在街道上的模样不一样了吗？”人们再看眼前这些石头，忽然觉得真的很可爱，在佩服这个小机灵鬼的同时，也乐意买他的“幸运石”了。

8岁的时候，格雷创立了自己的商业协会，叫作“城区街坊经济企业协会”，这是一个鼓励年轻人创业的社区组织，会员也大多是一些贫困家庭出身的儿童。格雷设法获得了一些当地商人的捐赠，用于交通和租用开会场地的费用，以便让穷孩子们聚在一起学习经商的方法。

靠着筹集到的款项，格雷和他的小商会开始推广自己的业务，包括售卖小饼干和礼物卡。在某种程度上，这就是他学习如何创业的第一课。

几年后，格雷的创业经历引起了当地媒体的关注，他还得到了一份播音工作——获邀在当地电视台的一个脱口秀节目《后台直播》中担任主持人。这时格雷虽年仅12岁，但他已经能在观众面前不无幽默地侃侃而谈了。他的名声逐渐大了起来，开始有人预约邀请他进行一些演讲，每次的出场费高达数千美元。

在积累了足够的资本和一定的市场营销经验后，格雷创办了属于自己的一家食品公司。他用火炉制作糖浆，倒进瓶子里，然后送去给包装工人，并且设法找熟悉这个行业的人来指导他。靠着这家食品公司和其他一些资产，14岁的格雷正式成为百万富翁，创下了美国商界的传奇。

20岁时，格雷又根据自己的创业经历写成一本书。索尼影视娱乐公司知道格雷的故事后打电话给他，希望投资将他的故事拍成一部电影。

格雷之所以能从一个一无所有的穷小子变成美国最年轻的百万富

翁，就是源于他有一双能从别人不会注意的细微事物中找到商机的“慧眼”。其实对微小事物的仔细观察，正是事业、艺术、科学以及人生各方面的成功秘诀，只要用心去思考，认真感悟细小事物，人人都可以找到属于自己的“幸运石”。

从“小豆豆”到“老豆豆”

唐辛子

读过《窗边的小豆豆》的人，一定记得书中那位叫“小豆豆”的日本小女孩：小豆豆才上小学一年级，就被老师勒令退学了。因为她实在太吵了：上课时不断地将文具盒、课桌盖弄得砰砰响，还喜欢滔滔不绝地讲话。老师不得不叫来小豆豆的母亲，说：“有府上的小姐在，整个班里都不得安宁。请您把她带到别的学校去吧！”于是小豆豆去了私立学校“巴学园”。第一次见到校长，小豆豆就跟校长说了四个小时话！

这个“小豆豆”，就是日后的日本著名主持人黑柳彻子。2015年8月9日，她刚刚元气十足地过完82岁生日，“小豆豆”变成了“老豆豆”，但依旧精力充沛活力四射。2015年5月27日，黑柳彻子主持的谈话节目《彻子的房间》迎来开播40周年纪念。因为40年无缺席、无取消，节目播出高达一万次，获得吉尼斯世界纪录认证，成为世界上“由同一主持人主持且播出集数最多的电视节目”。

黑柳彻子1933年生于东京，父亲是小提琴家，母亲则是声乐家。诞生于音乐之家的彻子，小时候是个患有多动症且因注意力难以集中而学习能力低下的问题儿童，因此进入公立小学一年不到就被退学，之后入读巴学园。《窗边的小豆豆》讲述的便是彻子在巴学园的经历，书中出现的所有人物及故事，都是真人真名真事，是一本非虚构的随笔体自传。1981年讲谈社出版此书时，首印只有8000册，当时谁也没有想到它会成为日本战后发行量最大的畅销书：被35个国家翻译出版，累计发行量超过800万册（截至2014年9月的统计数字）。

“老豆豆”彻子还是日本首位电视女星：从20世纪50年代初期NHK（日本放送协会）电视台首播开始，彻子就参与并见证着日本的电视事业发展，是日本电视发展史中绝无仅有的“人间国宝”。

从1984年开始，彻子成为首位被联合国儿童基金会（UNICEF）任命为亲善大使的亚洲人。此后彻子一直为之服务，成为UNICEF任期最长的亲善大使。至今彻子设置的“豆豆频道”还在为UNICEF募捐，截至2015年7月31日，仅彻子一个人就累计筹集了共超过55亿日元的善款。募捐所需事务费用均由彻子自理，善款则一分不少全部转交UNICEF。不过，彻子做的这些慈善，远没有她的“洋葱头”发型引人注目——在总是喜欢改变形象的演艺界，彻子永恒不变的“洋葱头”造型被人们称为“日本演艺界的七大奇迹之一”。日本观众已经记不起彻子究竟是从什么时候开始，头顶这个洋葱发型端坐在电视节目里喋喋不休的了。从80后一代开始，日本年轻观众从小就看着电视里彻子的洋葱头长大。日本的网络江湖也经常会出现与彻子的洋葱头相关的各种传说。有人甚至认为彻子的洋葱头可与哆啦A梦的四次元口袋媲美——因为在《彻子的房间》这个节目里，彻子会时不时从她的洋葱头里掏出些东西来款待参与节目的嘉宾：有时候会掏出几块糖，有时候甚至会掏出几个铜锣烧……令参与节目的嘉宾们一个个像大雄一样兴奋得直想捶地。

永远顶着四次元洋葱头的“老豆豆”彻子至今未婚。不过彻子认为自己并不是独身主义者，至今未婚不过是有点儿追求完美，不愿将就罢了。例如彻子曾经有一次都已经与人订下婚约，但最后还是反悔了，理由是“对方走路的姿势不够漂亮”。所以，尽管彻子已经年过八旬，但如果哪一天她突然邂逅了心中的“完美”对象，宣布要结婚，她的粉丝们也丝毫不会觉得奇怪。因为彻子的粉丝甚至说过，“现在彻子说她要生个孩子我们也不会感觉惊讶”。

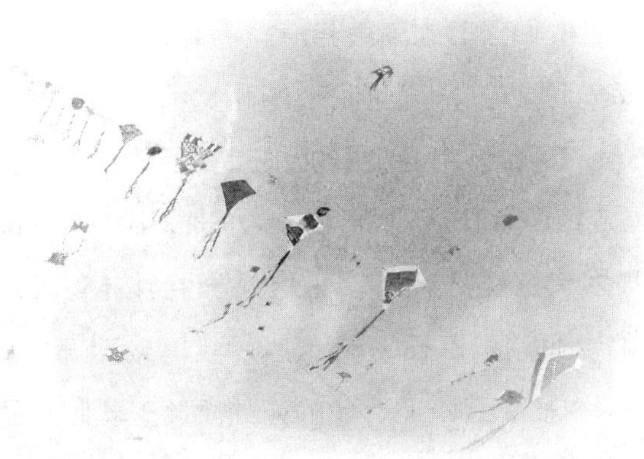

谁让我是世界第一

[塞尔维亚] 诺瓦克·德约科维奇

我每天早上起床会先喝一杯水，然后开始做20分钟的伸展，有时会再做一下瑜伽或打太极。我的早餐经过精密设计，让我的身体有能量面对这一天——每天早餐几乎都一模一样。接着我会在八点半左右和教练及物理治疗师会合，然后他们时时刻刻跟我形影不离，盯着我吃的喝的每一样东西，盯着我的每一个动作，直到我上床睡觉。他们一整年下来天天陪着我，无论是在5月的巴黎、8月的纽约，还是1月的澳大利亚。

我每天早上要跟陪练伙伴对打一个半小时，中间用温水补充水分，还会吸几口防护员为我特别调制的运动饮料，他会按照我每天的需要，仔细斟酌维生素、矿物质和电解质的量。然后我再做伸展、按摩，接着吃午饭——避开糖和蛋白质，只吃适合我的无麸质、无乳制品的碳水化合物。

再就是负重训练时间，用哑铃或弹力绳练1个小时左右——每一组动作都要用高磅数弹力绳、低重量哑铃做一遍，最多要做20组动作。下午会喝一杯物理治疗师调制的高蛋白饮料，含有萃取自豌豆的医药蛋白。接着再做一次伸展，然后是另一堂训练课程——练球90分钟，看看发球和回球有没有不顺或动作走样的地方。然后做第四次伸展，也可能再按摩一次。

到了这个时候，我已经连续训练接近8个小时，还有一点儿时间参加公关活动，通常是记者会或小规模的慈善活动。然后就吃晚饭——高蛋白、沙拉，没有碳水化合物，没有甜点。之后我可能会看书1个小时左右，通常是自我提升或心灵冥想方面的书籍，或者是写日记。最后，上床睡觉。

这就是我“休假日”的样子。

网球跟其他大多数运动项目不同，其实没有所谓的“非球季”时间。我一年有11个月必须做好准备，对战全球顶尖的球员，甚至可能是网球史上最强的球员。为了确保目前饮食是最符合身体所需的，我至少每6个月要验血一次，检查体内维生素和矿物质的含量高低，同时了解我的身体是否产生了更大量的抗体，如果是，表示我可能正因为某种食物产生过敏反应。我有时会用生物反馈仪来检测我的压力高低。我的团队跟着我绕着地球跑：经纪人亚塔迪，让我能按照时间表作息和保持理智；物理治疗师艾马诺维奇，掌管我的身体健康；教练瓦伊达和助理教练维米奇，让我的球技不会退步；我的女友伊莲娜·里斯蒂奇，为我做饭，陪我受训，让我的生活保持稳定。我最亲近的人大多是塞尔维亚人，大家都曾经历过战争蹂躏的惊恐，也很清楚我经过了多大困难，才能有现在的生活。

一场巡回赛下来，我可能必须在两星期内打最多20个小时的网球，而且是最高强度的竞技。这场巡回赛可能是在墨尔本、迈阿密或蒙特卡罗，在加州、克罗地亚或中国，跟下一场赛事之间也许只相隔几天，我得从地球的一端飞到另一端。我生命中的每一天、每一刻，全部投入于让自己保持在排名第一这件事上。只能严格自律，没有一丝松懈的空间。

要多么自律？2012年1月，我在澳网冠军决赛中击败纳达尔，比赛历时5小时又53分钟——这是澳网史上历时最长的一场比赛，也是网球职业化的“公开赛”年代以来，历时最长的大满贯单打决赛。许多球评称这场比赛为“史上最伟大的网球赛”。

赢得冠军之后，我坐在墨尔本的更衣室里，想做一件事情：尝一口巧克力。我从2010年夏天以来就没尝过了。艾马诺维奇拿了一根巧克力棒给我。我掰下一块，小小的一块，丢进嘴里，让它在我的舌头上融化。我只准自己吃这么多。

要当第一，就要付出这样的代价。

因为喜欢，所以成功

田　野

阿丘生在广东，长在广西，师范毕业分配在广西南宁棉纺总厂工作。他的普通话说得不够标准，总是夹杂着一些广西口音，鼻音很浓，说话嘟嘟囔囔。那个时候，说他能成为央视名嘴，恐怕打死也没有人会相信！

1991年元旦，棉纺总厂要举行一场文艺会演。这份工作本来是总厂团委的事儿。阿丘毛遂自荐，主动承担了这场晚会的策划和小品创作。同事们笑他，说他是狗拿耗子多管闲事。他说，我喜欢。

文艺演出很成功。阿丘一下子成了棉纺厂的“名人”。棉纺总厂的领导很欣赏这个热心而又富有才华的青年。在当年总厂团委换届的时候，阿丘成功当选棉纺总厂的团委书记。

1993年，南宁市工商界要举行一次大型文艺会演。市工商局的领导找到棉纺总厂的领导。总厂的领导又找到阿丘。领导对他说：“市工商局想让你担任这次会演的策划和节目编剧。但是，这项工作与你的工作不沾边儿。我不能命令你，你可以去，也可以说‘不’。”阿丘一听，不假思索地说：“我去！”领导对他的回答似乎有些怀疑。因为这是一场大型的文艺会演，做起来困难会很多。领导说：“请你给我一个选择的理由。”阿丘说：“因为，我喜欢。”

创新的手段和新颖的节目把这次会演推到了一个前所未有的高度。节目在当地电视台播出后，受到了观众的一致好评。阿丘又一次成功了。这次成功，引起了当地演艺界的高度关注。阿丘作为专业艺术人才，被调到南宁艺术剧院当专职编剧。原来的业余变成了专业，阿丘很高兴。

经过努力，阿丘的创作取得了丰硕的成果。他创作的《失物》《呼唤》《我的哥哥在南沙》《张大嘴和李干部》等作品先后荣获“曹禺奖”和文化部的“政府奖”，同时，阿丘被晋升为国家一级编剧。

可是，编剧是在幕后，阿丘有些不甘心。偶尔，他也到台前，在自己创作的小品里露一把脸。但是，阿丘说话嘟嘟囔囔，鼻音很浓，这给他的演出带来了很大的障碍。阿丘知道自己的缺点和不足，要想在舞台上有更大的进步，必须克服这些缺点。为了提高自己，阿丘选择到中央戏剧学院业余进修。同事们劝他，说：“你已经功成名就，何必那么辛苦？”阿丘说：“不为什么，因为我喜欢。”

通过专业训练，阿丘克服了说话嘟嘟囔囔的缺点。但是，厚重的鼻音是改变不了的。经过专家指导，阿丘把这种缺点变成了一种风格。厚重的鼻音加上轻松幽默的表演，终于赢得了观众的认可。

这时候，阿丘异想天开，想当电视节目主持人。为了这个梦想，阿丘停薪留职，放弃了自己稳定的工作，到广西电视台打工。领导挽留，父母劝阻。

可是，阿丘依然递交了辞呈。母亲含着泪问：“儿呀，你这样瞎折腾，究竟是为啥？”他说：“因为，我喜欢。”

阿丘在广西电视台一个5分钟的自编自演栏目里任编导和演员。由于阿丘的工作是临时的，所以，他常常为住房和吃饭问题操心。阿丘没有气馁，他相信自己会成功的。果然，阿丘从一个5分钟的小栏目，走进了《百姓南方大舞台》《旅游大篷车》《百姓专利》等栏目。阿丘终于凭自己的努力成就了自己的梦想。

2001年，阿丘代表广西电视台进京参加中央电视台《南北笑星火辣辣》演出。本来，阿丘只是参与表演，表演后应该立即返回广西。可是，央视节目组听说他是国家一级编剧，就邀请他留京给节目组帮忙。还是打工，还是临时的。阿丘在这里坚持了两年。这两年，他受了不少苦，但是，也学到了不少东西。

2003年年初，阿丘在看不到任何希望的情况下，产生了回家的念头。在走的前一天晚上，阿丘约在京的朋友喝了一顿酒。阿丘喝着喝着，就流了泪。

他说："喜欢一门艺术，真的是很难，很难！我要走了，我要回到广西，回到观众需要我的地方去。"朋友们被他感染，也都心里酸酸的。这晚，阿丘喝醉了。朋友们喝醉了。他们全醉得一塌糊涂。

第二天，阿丘在去买机票的路上，接到了一个意外的电话。这个电话是中央电视台新闻评论部的制片人李伦打来的。李伦说，台里即将制作一档新栏目，名字叫《社会记录》，需要招聘一位节目主持人，希望他能来试试。阿丘一听，心里"咯噔"一下："就我这模样也能混进央视？这不是在做梦吧！"谁知，试镜后，他竟然成功了。

自此，央视新闻频道的《社会记录》栏目，便出现了一位戴着眼镜、八字眉、厚嘴唇的年轻主持人。对于许多广西电视观众来说，从前那个常常在晚会里演搞笑小品、给观众找乐子的"笑星"，突然从中央电视台新闻频道里"冒"出来，挑着眉毛瞪着眼睛却又一本正经地用一口曾大受质疑的"南宁普通话"讲新闻，竟然还把新闻讲得像故事似的，的确是很意外的事情。

不过阿丘的风格有别于央视的一贯严谨，他那歪着嘴眯着小眼睛，活脱脱一个卖假药的但还算幽默的样子，却迅速得到全国观众的喜爱和认可，在新锐杂志《新周刊》的2003中国电视节目榜中，他甚至击败了凤凰卫视《有报天天读》的杨锦麟，成为风头强劲的"年度新人"，被称为央视的"另类"名嘴，还获得了年度电视新人奖。阿丘在央视算是一位知识分子型主持人，节目虽有一定关注度和收视率，本人也有一定知名度，但仍给媒体以作风低调、处事沉稳的印象。

从一个说话嘟嘟囔囔的工厂政工到央视名嘴，不能不算是一个奇迹。他的名言是：因为喜欢，所以成功！

张大中的华丽转身

陈志宏

人生不会一帆风顺，常常“行至水穷处”。所以，能够预知未来，是智慧；若预测到前方是绝路，主动给自己画上一个句号，便是大智慧。“北京电器大王”张大中，就是这样一个善于给自己画句号的人。

1982年4月，张大中凭借自己加工落地灯所赚到的几百元，大胆地开了一家“张记电器加工铺”，专门生产音响放大器，生意火得很。平时他得在单位上班，周日才能赶来管理。生意做大了，明显就招架不住了。两边跑，两边都不讨好，勉强支撑了半年。年底，他向单位领导递交了辞职信。他在信中说：“由于这份工作不符合本人理想，我决定辞职，请供销社领导予以批准。”在当时，这可是天大的事，人家削尖脑袋还进不了国营单位，他居然如此轻易地辞职。供销社的领导、他的岳父岳母，都极力劝阻他别丢掉这个“铁饭碗”，否则会后悔一辈子的。

但他坚持：“那种生活，你坐在那里，一眼就能看到自己50岁后的样子，掐指一算就能算出自己一辈子的工资，简直让人绝望。如果不出来，那才会后悔一辈子呢。”不顾众人反对，他为自己画上了人生第一个重大的句号。

后来，张大中的铺子业务拓宽了，进入了音响制造、安装等领域。再后来，铺子改成了“金钟音响厂”，直到现在生意仍然红火，用张大中的话说，“每年能赚辆奥迪的钱”。

在北京，从事制造业不如从事商业。经过一段时间的深入考察，张大中得出一个结论：“北京是一个消费型的城市，制造业的利润太低，资金周转周期太长，做电器原配件销售赚钱更容易。”于是，他将自己的生意，翻开了新的一页，将主要精力转到电子原配件的销售上。

灵境胡同8号，是张大中的“生意经”写下浓墨重彩一笔的地方。1986年，张大中在这里开设了第一家电器原配件门店。虽然只有十几平方米，但生意非常红火，一年不到，他就积攒了四五万元。

正当生意红火的时候，全民卡拉OK热带动了电子原配件、音响等一些电器生意。但是，偌大一个北京城，没有一家音响卖场大到能够把所有的品牌、零配件集中到一起，都是十几平方米、几十平方米的小店。张大中决定搞一把大的，生产方面可以停一停；销售方面，则必须大张旗鼓。

1993年，张大中的大手笔——玉泉路的“大中音响城”开张了。半年之后，这个大音响城在京城老百姓中间就有了名气。大家都知道，玉泉路有个最大的音响城，里面的音响一应俱全，选择余地大。

随着时代的变化，张大中的店里，家电品种越来越多，品牌越来越强。他在北京城里，到处复制玉泉路店的模式，渐渐地，做成了北京市场最大的家电连锁企业，成了名副其实的“北京电器大王”。

2002年，张大中将自己的店面开在中央电视塔旁。这个位于玉渊潭公园西门对面的中塔店，是三环上唯一一个有大面积停车场的家电卖场。开业后，连续几年的销售额都在10亿元以上，2007年高达20亿元。这是大中电器所有门店中盈利能力最强的一家。

谁都没有想到，接下来，张大中又想给自己如日中天的大中电器，画上一个圆满的句号——他要卖掉自己一手创造的电器帝国。

在张大中看来，家电连锁企业已经进入了整合期，区域性家电连锁店的前景堪忧，“不能等到企业经营得狼狈了才卖”。他决定退出了，但必须风风光光。2007年10月，在和国美谈判时，张大中对黄光裕说：“你必须比苏宁高8亿，否则我宁愿30亿元跟苏宁谈，也不跟你谈。”最终，张大中把2亿元固定资产的大中电器以36亿元的价格，卖给了国美。这一年，张大中向国家缴纳5.6亿元税金，成为国内一次性缴纳个人所得税最多的纳税人。

为自己的生意画上句号，张大中也完成了人生的华丽转身。如今，张大中坐在北京西郊的青清商厦3楼办公室里，他新创立了大中投资公司，正式进军资本市场。

转身，蕴藏着新的转机。

人生很漫长，懂得适时给自己画上一个句号，开拓新的疆土，就可以续写更多更好更完美的篇章。

资本之王桑迪·威尔的“1＋1＝4”财富人生

陈亦权

20世纪50年代，一位名叫桑迪的美国穷小子在纽约郊外的杰斐逊港镇上，与一位叫琼的姑娘结了婚。结婚后，他们的所有财产只是妻子的陪嫁3500美元。一段时间内，他的薪水甚至无法同时支付牛奶费和购买婴儿尿布。后来，妻子把陪嫁钱拿出来，让他在镇上开一家生牛屠宰作坊，专卖牛肉。

小镇上还有一家牛排餐厅，那里的生意非常好，每天都能为桑迪的牛肉作坊销掉不少牛肉，再加上外地的订货，桑迪渐渐有了一些多余的钱。但是好景不长，没过多久，牛排餐厅因为内部管理和经营策略上出现问题，生意越做越差。

发愁的人其实还不止餐厅老板，因为餐厅的生意下降在无形当中也减少了桑迪的牛排销售量。最后，桑迪经过仔细考虑后做出了一个惊人的决定：买下那家餐厅！

他的妻子不解地说：“你疯了吗？买下那家即将倒闭的餐厅？它能为你带来利益吗？”

“能！而且买下它以后，我们所拥有的价值就不是1+1=2了，而是等于4！”桑迪回答。

几天以后，桑迪在妻子的担忧中用他们的全部积蓄——5000美元买下了那家餐厅。他对餐厅的经营做了一系列大胆而富有创新的改革，还聘请了最好的厨师来做牛排，渐渐地，餐厅的生意开始好转。餐厅的生意好了，牛排的销售量自然就增加了。一年之后，桑迪成了全镇屈指可数的富人。这时，桑迪对他的妻子说出了“1+1=4”的逻辑：原有的一家作坊加上一家餐厅，表面上看是“1+1=2”，但是我们经营餐厅在牛排的原材料上省去了一笔开支，节省下的成本实际上就是一种利润，这就使1+1等于3了。至于牛排卖给自己的餐厅，表面上看是收不到钱，却是一个非常固定的销售点，再也不需要为如何才能保住这个销售点而费脑筋了，而这省下来的精力，又可以用在开拓另外的牛排市场和餐厅的经营上，这又是一种无形却巨大的财富，这样一来，1+1就成了4！

经过几年的商场打拼之后，桑迪到纽约成立了一家西尔森证券经纪公司，在随后的数十年里，用“1+1=4”的理念运作了一连串并购和整合，最终与花旗银行合并建立全球最大的金融公司——花旗集团，桑迪一人统领这家旗下有27万名员工的大企业。

他就是连续多年被纽约证券交易所评为“最佳CEO（首席执行官）”并且素有“资本之王”称号的桑迪·威尔。

普通青年爱因斯坦

宣金学

生活很不易，即使你是个天才，哪怕你是天才里的阿尔伯特·爱因斯坦。

逝世60年，爱因斯坦的光环依然照耀着宇宙，可在他的宇宙里，生活平凡得就像他常穿的格子衫。他喜欢泡在啤酒馆，和老婆一起酩酊大醉。在校期间算是“学渣”一枚，对教授不敬，经常逃课。

爱因斯坦爱喝酒，喝酒的时候，又爱与人辩论科学与哲学。他也热爱公路旅行，诺贝尔奖颁奖仪式上，他放了负责颁奖的瑞典国王的鸽子，跑到离斯德哥尔摩6000公里外的远东去旅行。

这些故事来自前不久刚上线的“数字爱因斯坦”网站。在过去的几年里，以色列希伯来大学、美国普林斯顿大学和“爱因斯坦文档计划”的工作人员一起，将爱因斯坦生前留下的信函、档案、笔记、明信片等统统搬上了互联网。

如今，世界各地的人们都可以免费查看与下载爱因斯坦出生证明、小提琴测试结果、1886年学校成绩单，纵览爱因斯坦传奇又平凡的一生。

实际上这份数字档案更多地展示了这位大科学家极为平常的一面。“这就是成名前的爱因斯坦。”黛安娜说，她是“爱因斯坦文档计划”

的负责人。

这意味着，芸芸众生对于爱因斯坦的想象终于可以超越新闻报道里说的那样——某某神童智商堪比爱因斯坦，大家倒是可以比较一下，你与爱因斯坦谁的日子更平凡。

事实上，这个在1905年26岁时连发5篇划时代论文的伟大天才，和那些普通人有太多相似之处。

他的工作不理想。想成为一名大学教授，却问路无门，在朋友的帮助下，才勉强在瑞士专利局找到了一份检验员的工作。“大部分原因是他自己造成的——他并不是一个出色的学生。”纽约大学历史学家迈特·斯坦利说。

他的婚姻不幸福，离婚离得乱七八糟。第一段婚姻维持了16年，其间他们的女儿是送人了还是夭折了，历史学家到现在都没搞清楚。唯一清楚的是，在女儿出生之际，爱因斯坦充满爱怜和激动。“等你身体好一些，一定要画一幅她的画给我。这太让人激动了。”他对分娩后的妻子说。

在爱因斯坦的档案中，可以看到部分离婚协议，他同意把他的大部分诺贝尔奖金收入划给前妻用来抚养孩子。

特别为人津津乐道的确实是这个理科男的丰富情史。在苏黎世上学期间，他追到了全班唯一的女生。有历史学家称，爱因斯坦先后有过10位情人，步入婚姻殿堂的只是其中两位。从这批信件中还可以看到，爱因斯坦曾对第二任妻子坦承了自己与其他女子的罗曼史。

可能是遗传父亲的性格，爱因斯坦的孩子和他们的老爹一样任性。因为孩子的问题，老爱操碎了心——小儿子20岁时被诊断出患有精神分裂症，随后情况急转直下；老大成了科学家，父亲还要不时监督他的经济状况。

普林斯顿大学出版社在其“数字爱因斯坦”网站上所展示的爱因斯坦44岁前写下的5000封书信、日记、科学论文，远不是故事的全部。随着档案的陆续公布，会有更多的历史学家去探索爱因斯坦的世界，让更多的人看到，尽管头戴天才、财富和名誉的光环，爱因斯坦在他常人的那一面中，仍与生活做着不懈的斗争。

对这样一种膜拜或围观，那位不羁的天才似乎早有预感。1922年6月，他写信给朋友说：“今天被崇拜，明天就会被鄙视，甚至被钉上十字架；天知道，这就是我辈被无聊大众所掌握的命运。”

每个人都该感谢阿兰·图灵

张云　李奥

最近由本尼迪克特·康伯巴奇、凯拉·奈特莉等主演的传记电影《模仿游戏》火爆全球，并且入围奥斯卡多项大奖，这部电影将阿兰·图灵这个天才科学家重新拉入大众视野，这个忧郁的、谜一样的技术男几乎抓住了所有人的心。

尽管百年之后的今天，阿兰·图灵已经成为最值得纪念的人之一，可他自己的一生，却冰火两极。

以阿兰·图灵的逻辑思想为基础，人类发明了计算机。那是1936年，还在剑桥国王学院就读的阿兰·图灵提出“算法”和“计算机”两个核心概念。

英国人阿兰·图灵拥有传奇的一生。他的数学天赋拯救了数以万计的生命，然而作为同性恋者他被当时的社会所谴责遗弃，无奈之下，选择结束自己的生命。他的存在充满光芒，结局却是黯淡的。

天才似乎都不修边幅。一篇图灵的回忆文章称：“他总穿一件很随意的棕色运动夹克，一条宽松的灰裤子。”图灵给人的印象总是不苟言笑，与陌生人谈话时他会口吃，啃自己的指甲，躲避对方的目光。而在信任的好友面前，图灵会滔滔不绝地展现闪电般的思维。“大家都说图灵对那些听不懂他讲话的人很没耐心。但在我看来，如果你不认真听他讲话，他就会觉得那是在浪费时间，自然会不高兴。”曾做过图灵助理的麦克·伍尔吉说。

实际上，图灵不合群的性格，从幼年就展现出来了。中学时，老师和同学都注意到，图灵上数学课和化学课，从不听讲，也不看书，所有定理都是自己推导出来的。如果自己推导对了，考试成绩就好；自己推导错了，成绩就不好。

高中时，图灵认识了比自己高一级的克里斯托弗·马尔孔。过于瘦弱的马尔孔，每个学年都因病长期缺课，可他聪明的头脑使他在偶尔上学的几天就能补上所有功课，门门考试成绩第一。这样毫不费力的聪慧吸引了图灵。他们因着对科学同样浓厚的兴趣，成为朋友，甚至更进一步——在马尔孔不幸早夭后，图灵发现了自己对他的特殊的情感，他爱上了马尔孔。而据图灵的追随者研究，图灵此后获得的一系列成就，很大程度上都得归功于马尔孔。因为两个人相处的某个深夜，曾探讨过献身科学的共同理想。

图灵的数学天分在大学正式崭露头角。1939年2月13日，剑桥大学哲学系教授维特根斯坦走进“数学基础”课教室，失望地发现他的学生图灵缺席了，于是对班上宣布，因为图灵缺席，“今天的课只是参考性的”——要知道这门课的要旨就是听维特根斯坦和图灵吵架。在课上，维特根斯坦喜欢把所有对数学基础的攻击扔给图灵，图灵也很喜欢针锋相对地反击。两个人激烈地争吵，而后发现自己对彼此领域的理解前进了一点儿。

在剑桥的每个清晨和黄昏，图灵习惯一个人沿着河边长跑并思考问题。后来，图灵即使去参加学术会议，同事们搭乘公共交通工具，他选择跑步，还是第一个到达会场。他的长跑速度，据说达到了奥运比赛的水平。而就在剑桥某天的长跑后，他琢磨出数学家大卫·希尔伯特留下的一道难题，这后来被他整理成理论，提出著名的“图灵机”设想——

那是一种抽象的计算模型，为计算机发明奠定了重要基础。

1939年，第二次世界大战爆发。在英格兰白金汉郡的布莱切利镇，一万多人连夜从大城市挤火车逃难过来。不久大部分人又挤火车回去了：他们宁愿被炸弹炸死，也不要在这小地方无聊死。图灵却坚持待在镇上的一家小旅馆，每天骑车3英里（约4.8公里）去镇中心的布莱切利园上班，下班回来还自愿给冷冷清清的旅馆酒吧打杂儿。旅馆老板娘看着这个闲得发慌的小伙儿直摇头：健健康康的大男人，怎么不去打仗呢？

图灵正在打仗。看似死水一潭的布莱切利园，此时已有了军事代号：Sttion X，保密等级：绝密。这里是英国政府密码学校的驻地，海陆空和军情六处的情报组织各占一隅。几百名工作人员夜以继日破解着德国人的无线电报。之后，图灵的成果举世皆知——他被尊为破解德军密码的大英雄，尽管相关文件直到20世纪70年代才被解密。

图灵的贡献不仅于此。他研究生物形态学，提出动物身上不同的花纹，是由一种名为“形态子”的生物分子决定，其分布原理又是一系列数学计算的结果……类似的理论启发了后世的生物学家和化学家。

《科学美国人》这样评价图灵性情矛盾的一生：“个人生活隐秘又喜欢大众读物和公共广播，自信满怀又异常谦卑。一个核心的悖论是，他认为电脑能够跟人脑并驾齐驱，他本人的个性却是率性而为、我行我素、无法预见，一点儿也不像机器输出来的东西。”

图灵的传奇色彩，注定了他总成为小说、影视的灵感来源。在罗伯特·哈里斯小说的电影版《谜》中，破译者汤姆·杰里科的原型，就是图灵——汤姆是双性恋；图灵甚至还在英国成人讽刺漫画杂志的连环画里做了下配角。

过去100年里，围绕图灵最大的谜团，也是他生命终结的那一刻。1954年6月8日凌晨，42岁的图灵被发现死于家中床上。他的床头几上有一个被咬了几口的苹果——苹果上浸满的氰化物，还是图灵自己提取的。

人们倾向认为，他的死因，与他是同性恋有关：此前不久，图灵发现家中失窃，他报了案，窃贼是他的爱人莫里的朋友。警方讯问时，没有理睬图灵失窃的事，却把图灵的“不体面”罪（当时的英国，同性恋被列为“不体面罪”）告上法庭。法官给出了两种惩罚选择：坐牢或者化学阉割。

助理麦克·伍尔吉回忆说，图灵死前一天，还给自己买了两双新袜子，“口袋里还有一张剧院门票。自杀肯定是他一时的念头。我想，他只是在那一瞬间崩溃了”。真相已经无法追究，然而图灵的伟大成就，让苹果公司的创建者乔布斯也禁不住想攀亲。因为不断有传闻说，苹果公司著名的“被咬了一口的苹果”就是由此而来，乔布斯对此给出的回应是：“这不是真的，但上帝啊，我们多希望它是真的！”

亚马孙女王

庞　礴

21岁的孟加拉裔英国姑娘萨拉·巴格结婚了，在厄瓜多尔的亚马孙平原上，嫁给了比自己年长三十几岁的土著。结婚时她浑身赤裸，只在头上戴了一圈金刚鹦鹉艳丽的羽毛。

她不是去和亲的，而是为了拍摄纪录片。“9岁那年，我就知道亚马孙平原上的雨林正在消失。”她想亲眼见识一下。2009年，从金斯顿大学毕业前夕，她拿出自己的全部积蓄，募集了一笔赞助，带着一名摄像师和一身胆气，由当地人带领进入了土著的领地。

萨拉所向往的这片领土，可不是一团和气。20世纪中期，5个传教士由于游说土著放弃领土先后被杀害，从此，这里的毛利族群被称为“杀人族”。

从公认文明的伦敦来到这里，萨拉每一天都经历着各种不可思议，第一步是抛弃文明的概念：除萨拉外，其他人都一丝不挂。脱掉外衣的萨拉博得了当地人的好感。洗去粉底和眼线，她素颜坐在一位土著女性面前，她们在萨拉的眼睑和脸颊上涂上艳丽的红色。植物颜料鲜艳的颜色衬着萨拉黝黑的亚洲皮肤，她看上去更像毛利女孩了。

赤身裸体、满面红光的萨拉开始适应当地人的生活。“虽然不会游泳，还是要跟着他们划着皮艇、穿过那些满是短吻鳄的沼泽去捕鱼。”毛利人还教萨拉投掷武器、从木筒中吹出短箭——如果足够强壮，这些锋利的武器确实可以让她在丛林谋生了。

两个世界的人怎么沟通呢？“我们的语言完全不同，我只会英文，而他们则讲土著语，偶尔有人会几句西班牙语，”萨拉说，“尽管我一直在向他们学这里的语言，但最重要的是，我们几乎完全能用肢体语言和眼神沟通。”狩猎一整天的毛利人同萨拉坐在一起，用互相捉寄生虫的方法表示好感：“你看，彼此间的沟通就是这么简单。”

半个月的共同生活过得很快，归期将至。“一天，当我狩猎回到住地，所有人都看着我，一个女人过来，要我脱掉内衣，和他们一样赤裸，还说要我做‘女王’。”萨拉回忆当天的生活，“我犹豫了一下，但是既来之则安之，想到也许是要庆祝什么节日，就顺从了——天哪，我可是在镜头前啊。”

与雨林坦诚相见的萨拉，头上戴了一圈鲜艳的金刚鹦鹉的羽毛，被推进一间小屋。勇士金克走了过来，用手臂揽住萨拉。“我过了很久才意识到这是一场婚礼，居然还是我的婚礼。他们在此之前完全没有通知过我——即使通知了我也听不懂。”萨拉开始不知所措，“我觉得很紧张，但也只能跟着他们一起唱歌、跳舞、庆祝，想着先将纪录片完成，再想对策。”

不过毛利人没什么恶意。这个婚礼只是毛利人送给萨拉的礼物，缔结彼此亲密的关系，倒不是真的要萨拉做什么。

萨拉松了一口气，开始享受和金克的相处。“婚后”几天，两个人的感情不断加深。“他对我在伦敦的生活十分好奇，询问了我的家人、朋友等，我也了解了他的生活，还能同他一起去打猎——他真是个很棒的猎人。”

几个月后，萨拉根据雨林生活拍摄的纪录片《亚马孙之魂》在坎城影展播放，引起了人们对全球化和亚马孙环境问题的关注。“我希望能够帮到我的土著朋友，他们给我的那段时光如此特别，”萨拉说，“现在我还能和我的亚马孙勇士保持联系，有时他会顺着河流到镇上，用邮件或Facebook（脸谱网）联系我。”

飞人尼克，要么刷新纪录，要么粉身碎骨

李　雨

美国当地时间2014年11月2日晚7点，尼克·瓦伦达手持一根平衡杆出发了，脚下是一根高空钢丝——在时速48公里的强风中，它正呼啸作响。尼克要从芝加哥河畔179米高的马里纳市大楼西塔楼出发，走到对岸的193.55米高的里奥贝纳大厦顶层，两者高差超过14米！

此刻，芝加哥的天已经黑了，摩天大楼里亮起了灯，尼克成了零星灯光中的一个小点。他面无表情，没人猜得出他在想些什么。一旦失误，他很可能粉身碎骨。此刻，摄像机正对着他，向200多个国家直播，但现场直播延时了10秒钟，以避免出现血腥镜头。6分52秒后，他成功了！

挑战还没有结束，尼克再次回到马里纳市大楼西塔楼，蒙上双眼向东塔楼走去。他真正是命悬一线。1分17秒过去了，尼克平安着陆。他一举打破了最高海拔走钢丝纪录和最高海拔蒙眼走钢丝纪录。目前，尼克已拥有9项吉尼斯世界纪录，是不折不扣的“钢丝之王”。

走钢丝是最古老的高空运动之一，在维基百科中被定义为一项“艺术”。艺术需要时间打磨，在钢丝上怎样掌握平衡，防止打滑，都需要挑战者做大量训练。

尼克1979年出生于美国著名的“飞人瓦伦达”家族，祖先是奥匈帝国的后人，18世纪就开始从事马戏表演。尼克说自己是在钢丝上长大的。

“我第一次走钢丝是2岁，我抓着母亲的手在钢丝上晃悠，当时就觉得好玩儿。”4岁时，尼克能独自站在钢丝上。为了让他学会更好地处理外界干扰，父母甚至拿着玩具枪朝他发射子弹。

19岁，尼克已正式开始表演走钢丝。每周6天，每天6个小时，他都在钢丝上度过，外加每周10个小时的负重训练，以及5个小时的有氧运动。在尼克看来，走钢丝是一种“头脑里的功夫”，“这不是特技，每次的表演和挑战，我都会做好十足准备”。他沉迷于技术分解在钢丝上的动作，每一步应该如何迈出、步伐多大都有精确的计算。

2011年，尼克成功挑战了波多黎各圣胡安双塔间30米高的钢丝表演；2012年，他穿过世界第一大跨国瀑布——尼亚加拉瀑布；2013年，他在457米的高空征服科罗拉多大峡谷，在不到23分钟的时间里，走完426米长的钢丝……

尼克一直遵循家规，不使用安全网、保护绳等措施。此次挑战芝加哥三大高楼，他仍然选择零安全设备上场，“我唯一的后备计划就是跪下，抓紧钢丝，等待救援”。

瓦伦达家族的前辈曾教导后人，不为自己留后路才能减少失误率。但事实上，有不少家族成员在表演时受伤甚至丧生。1962年，尼克的叔叔马里奥在表演7人叠罗汉时失利，不幸瘫痪。1978年，尼克的祖父、73岁的卡尔从30米高的钢丝上坠下摔死，心理学名词“瓦伦达效应”正是源自这一事件。

尼克为自己买了1.2亿元保险，这更多的是为家人考虑。1999年，他在蒙特利尔表演时，跪在9.1米高的钢丝上向埃伦蒂拉求婚。现在，他们的3个孩子也经常参与钢丝演出。

尼克与美国探索频道有一份合约，2013年起尼克表演走钢丝的直播权被天价买下。有人唏嘘感叹他拿命换钱，尼克说：“我爱走钢丝。就算明天中了彩票，我仍会坚持下去。对于死亡，我没有恐惧。”

门雕神匠高应美

董改正

高应美是个木匠，云南通海县河西城南门人，生于清咸丰九年（1859年），卒于1932年，他的奇特处在于工钱标准：以刀削斧斫下的木渣计，一两木渣兑一两银子不等。无论在乱世还是盛世，这都是骇人的。

高应美善为格子门，镂空精雕，有“通海国宝”之称。据说他雕的门被人买到香港，卖入欧洲，藏于某博物馆中，与外国顶级大师的作品共列一室。木格门的镂空雕法，能雕到2～3层，已经是高手了，而高应美可以雕到6层。他享年不短，从光绪末年开始，到1932年去世，这么多年的时间里，他完成的作品仅三四件。一是在河西圆明寺大雄宝殿，已毁于火灾；一是为个旧李家花园雕的，据说已卖入欧洲；一是为通海周家花园雕的，现藏于县城内的聚奎阁；一是小新村三圣宫的格子门，这件活是六扇门，他干了17年。

这几扇门依然在通海，依然安装在殿前。它们被严严实实地罩住。隔着玻璃，木门上龙腾虎跃，人物俨然；亭台楼阁，山河松竹，皆栩栩如生。

木格门每扇高3.2米，宽0.6米，厚0.07米。红椿木，雕龙7条，牛4

头，马20匹，人物149个，山石树木、楼宇宅院皆俨然如是，还有两首竹叶诗，远看是长势茂盛的竹丛，近看是28个汉字组成的四句诗：“水绕楼船起圣宫，双龙发脉势丰隆。春山拥翠千年秀，不赖丹青点染工。”真是鬼斧神工。

一百四十九个人物，造型绝不雷同，长幼有别，衣衫不同，或戴头巾或不戴，或笑或肃，或骑马舞枪，或树下沉思，或远眺，或爬山，衣纹微动，情绪暗生，都有体现。为求灵活生动，众多人物布局有度，或聚或散，或站或立，疏密有致，绵延成画，尽显历史和世态百相，涉及春秋战国传说、西汉传说、封神、三国、水浒种种。

“木渣兑金银”，就是发生在这件活计里。高应美应邀带着徒弟来到小新村后，住在豪宅之内，好吃好睡，一天只干两三个小时的活。之后便出门看戏、喝茶，回来后长久地站立、思考，累了烦了，鞋子一脱就上床抽洋烟儿。“吃、住、洋烟”的待遇并不是工钱，工钱另算。雕门分为三个阶段，第一个阶段是粗活儿，工钱为一两木渣兑一两银子；第二个阶段是细活，工钱为一两木渣兑二两银子；第三个阶段是打磨期，工钱为一两木渣兑一两金子。

这钱挣得太容易了？

不是。每一刀一斧一琢都要停顿很久，不容出错，尤其是到二三阶段，一个败笔，一扇门就毁了。雕一幢宅院，院内小楼窗里坐了一个书生，书生后面有一个童子，小楼、书生与童子在空间上各有远近，这就5层了，一层坏，全部坏了。每一点木渣，都是殚精竭虑的选择，恰到好处的技法。

与它们同时代的门、比它们晚很多的门、现在还未生产的门，大都坏了、朽了、报废了或将如此，而高应美的门永垂不朽。“效益就是生命，时间就是金钱”的认识下，一切都以快为好，慢就是落后，落后就要挨打。一扇门在今天，一个师傅三四天肯定完成了，要不他将揽不到活计。在时间的洪流里，遵从内心的法度，是否就是输给了时间？这最终还是要时间来说话的。

忙忙碌碌的世间，永远有遵从自己内心节奏的行路者。因为慢，他们落后于时代，却也因此醒目。高应美后来眼瞎了，饿死了。我想他是想到过结局的。一个不迎合世俗节奏的行者，需要大勇。

被踢出来的音乐大师

小小 Z

他出生于一个音乐世家，祖父是波恩宫廷乐团的乐长，父亲是宫廷的男高音歌手，母亲是个佣人。父亲渴望他能够像莫扎特一样，成为音乐界的骄子，就逼着他从小学习钢琴和小提琴。

在他八岁的一天，父亲布置完功课，便去宫廷演唱了。随后，他拿着小提琴到屋后的僻静处演练。那时，阳光明媚，从树桠间照射下来，落在他的脸上，几只鸟儿唧唧喳喳地叫着，在他头顶盘旋。他不禁看得痴了，一时忘记了练琴。

晚上，父亲回来，开始检查他的作业。由于他没有练习，所以演奏得很生疏，父亲很生气，呵斥他对照乐谱再练。他有些紧张，甚至连指法也乱了。父亲劈手拿过小提琴摔在地上，喝道："你这个样子，什么时候能变成莫扎特！"他说："我本不是莫扎特，为什么要成为他。"如果不顶撞，兴许父亲还会饶恕他，但是那天，父亲在宫廷里因心情不好，演唱时放不开，被王子称为三流歌手。父亲很憋气，不自觉间便增加了对儿子的渴望，这时又见儿子没有完成作业，怒火便难以控制地发泄出来，一脚把他踢翻了。

父亲那一脚几乎把他的肋条踢折了，他一直在床上躺了半个月才爬起来。在这半个月里，他的内心产生了矛盾。有时听到从窗口传来的鸟声，便渴望过一种自由和烂漫的生活；有时摸着肋部，又觉得对不起父亲。

父亲也深为自己的鲁莽而后悔，来到儿子面前，沉默了半晌，正要开口道歉，他突然说："爸爸，你教我吧，我一定好好学。"父亲从儿子的目光中看到了一种亮亮的东西，知道儿子已经有了远大的目标。父亲很兴奋，一时忘记了自己是来向儿子道歉的，便高兴地抱着儿子说："好，好，这才是我的好儿子，你要时刻想想我的处境，想想你母亲的生活，为了你父亲不再被人歧视，你母亲不再做下人的工作，你一定要成为人人崇敬的音乐大师。"

他深深地点点头，走下床来，轻轻抚摸那把摔坏的小提琴。

父亲以为是上帝开导了儿子，使他突然插上了梦想的翅膀，却不知道，其实，这几天他的伤已经好了。他曾经到屋后散步，听到了几个邻居的嘲笑。那几个邻居素来不和他家来往，看到他时，撇着嘴说："听说这孩子差点被那个三流歌手踹死，这样的歌手还期望儿子成为莫扎特，真是痴人说梦。"他之所以发愤要在音乐界有所建树，正是因为这句话。由此，他懂得了父亲为什么对他充满了渴望。

从此，他每天都按照父亲所教的知识学习，不但不会偷懒，还会在父亲给的任务上，再增加一倍的练习量。慢慢地，他的音乐技能提高了，而且开始尝试上台表演和作曲，但是，父亲的音乐知识是有限的。十二岁时，父亲将他送到管风琴师聂费的身边，正式学习音乐。

聂费是个天才音乐家，掌握各种乐器的演奏技巧，熟悉多种音乐教材。从此，他才真正畅游在音乐的海洋里，短短几年时间，他的音乐才华已可以和聂费比肩了。1787年，聂费介绍他到维也纳，他终于见到了崇拜已久的音乐大师莫扎特。莫扎特是个爱才的人，放下手头的创作，认真地听他演奏。尽管当时他的音乐才华在莫扎特眼里，还显得稚嫩，但是，这已经使莫扎特惊喜不已。因为，莫扎特从他的身上，看到了一种广阔的音乐空间，那是连自己也未必有的。于是，莫扎特细心地传授了他一些演奏上的技巧，并鼓励他将音乐当成生命，永远不要放弃。

几年后，他终于赢得“维也纳最卓越的演奏家”之称。他用音乐追求正义和个性自由，抒发对封建专制和压迫的憎恨之情，创作了《月光》钢琴奏鸣曲、《悲怆》钢琴奏鸣曲等震撼人心的作品。他的音乐像一声声呐喊，诉说着人民的痛苦和欢乐，激励着人民的斗志。他的第三、第四钢琴协奏曲、第五《命运》交响曲和第六《田园》交响曲等成为音乐史上的几座高峰，他被世人尊称为“乐圣”。

他就是德国伟大的音乐家贝多芬。

这个逆袭真是强

刘强东

社会学专业不仅找不到好工作，更找不到女朋友

来到人大的当晚，师哥与我们聊天儿，他告诉我们大学四年一定要学第二个专业。他说只学社会学，不太好找工作。

大一下学期，室友看上了外语系的漂亮女生，他每天跟着女孩上自习。有一天，他回来后坐在床上，只抽烟不说话。原来当女孩发现他的专业是社会学，就决定不跟他交往了。因为社会学系太难找工作了。我受到了很大的刺激，心想找不到工作没关系，找不到女朋友却很可怕。所以，一定要学第二专业。选个什么专业能吸引她们呢？那个年代，最高深莫测的是计算机专业，但是，我们学校还没有计算机专业。于是自己买书，自学编程。

每抄一个信封，默念“6分钱”

来北京上学，因为家里穷，我只带了500元。来人大之前，我对自己说：希望大学4年不再向家里要钱。所以，大一上学期我就做家教，大一下学期抄写邀请函。我会对着地方黄页，一个一个写邀请函，写完后折起来放进信封，再用胶水封好，整个过程赚6分钱。抄了一年多的信封，

我发现同班同学出书发了财，在他的感召下我开始推销书。那时，我每天骑着自行车，载着一二十本样书，拿着书单跑写字楼，有一次，我很幸运，卖出了一二十本书。

到了大三，我开始写程序赚钱。那时写程序非常赚钱，利用晚上时间一个月内编写一套程序能赚5万元。到了大三下学期，我就有了大哥大。有一天，我躲在树后打电话，一位男同学跑过来问我："你的是真的还是假的？"当时很多人拿着假大哥大装酷，我花2.6万多元，买的是真的。

创业失败，连一个碗都没带走

到了大四，我想创业。我觉得民以食为天，要创业最好开餐厅。在人大附近，我常光顾的一家非常好的餐厅正好要转让，我觉得机会来了。我从邮局把我赚的24万元钱取出来，背着跑到老板那儿，没有讨价还价就盘了下来。

餐厅经营了半年，我虽然还在外面赚钱，但也在不断地往餐厅投钱。后来，我都要向家里借钱了。有一天，我着急了，到餐厅查原因。一查账，发现亏得一塌糊涂。

后来，有人跟我说："你这么做，骨头都得赔了。"我问："怎么回事？"原来，收银员和大厨谈恋爱，收钱出菜就无法核对了。买菜的小伙子不断地涨进货价格，豆芽儿从8角涨到2元，8元的牛肉涨到17元……

没办法，只能关门。当时，我已经没钱了，就向亲戚借了十几万元。我还清了餐厅欠下的账，给每位员工发了两份工资。走的时候，我连一个碗都没有带走。

没有对错，只有管理

离开人大时，我欠了20多万元的债。但是，作为创业人，我的信念和激情没有消退。我有很多疑惑，思考着人到底是性本善，还是性本恶。

带着这样的疑惑，我加入了日资企业日宝来福。一年多来，我受到的最大教育是人不存在性本善和性本恶，没有管理的企业，结果是必然的。我不能埋怨餐厅员工，其实，餐厅出现的结果是由我自己造成的。

在日宝来福，我半年内当上了库管。日本人对我说，日语中没有“误差”一词，只有对和错。我当库管允许误差，比如，一两分钱的彩印纸，允许五张的误差；而床垫等产品却没有误差的概念，只要错了就走人。为什么允许五张彩印纸的误差？因为印刷厂送纸时做不到100%准确。这个误差不是给我的，是给印刷厂的。回忆自己餐厅创业的失败，我不仅要担负餐厅破产的责任，还要担负没有教育员工的责任。谁造成的？都是我造成的。

只要发现了，一秒钟就要把他干掉

之后我在日本企业工作一年多，我有反思。基于对人的思考，在京东的16年来，我在人事管理上用到了一张表格。这张表格不是京东发明的，实际上，GE（卓越之剑）等很多企业差不多都在用。

在京东，每年50000名员工要做一次360度考核，会用到这张表；我们招聘管培生用到这张表；员工的升职、加薪，当然也包括辞退，都会用到这张表。

说说京东的真实例子，公司内部有些员工有贪污行为，每年都有一两个被公司查到，或者被供货商、合作伙伴举报，查实后就开除。

京东价值观的核心，用一个字来概括就是“正”。相信很多人都对京东有一定的了解，比如最早我们强调正品行货，只要你买了东西就给你发票，不管你要不要。你说，能不能便宜点儿，省点儿税钱？对不起，没有，京东不提供这项服务。

三年前，我们开了公司的一个副总裁。他实际上就拿了供应商的一个箱子。副总裁的年薪是150万元，给他股票的话，他手里的股票至少能值六七千万元人民币。可是，他栽在一个300元左右的箱子上。供货商说箱子给你吧，他拿了，而且拿回家了。结果被人举报，查实后，就把他开除了。这还是价值观不一致造成的。今天拿300，明天可能就是30000，这跟当时我开餐厅的情况一样，那样会导致企业的失败。

我想有同学参加过京东面试，我们有各种各样筛选的方式、方法，考核更多的是价值观，只要能够上人大，能力没有差到哪儿去，是一个比一个强。其实，刚毕业学生的能力根本没法考核，对企业来说是必然要冒的一个风险。可是价值观的风险不能冒，所以我们所有的考试、考核大多数都是指向价值观是不是与京东相匹配。

从创业到上市，京东起起落落，困难重重。最难的时候，当第一轮融资花完的时候，我自己都觉得不可能再拿到钱啦（融资），意识到京东真的要倒闭了。那时，京东正好是创业十年，从1998年到那时已经有两三百名兄弟了，有的兄弟跟了我快十年了，他们从大专一毕业就跟了我十年，相信我才留下来，很多人挖也一直没走。但是，如果企业倒闭了，那些跟了我十年的人走的时候一无所有，而且当他再出去找工作会很难，因为是从一家倒闭的企业出来的，是败兵。所以，那个时候心里的那种痛苦真的是难以言喻的，不到一个月的时间，我长了很多白头发。过去我看小说，会看到一夜愁白头发的情节，真的发生在自己身上时，有恐惧感，还有对兄弟们的愧疚、羞愧。这样的痛苦可以说是无法言喻的。

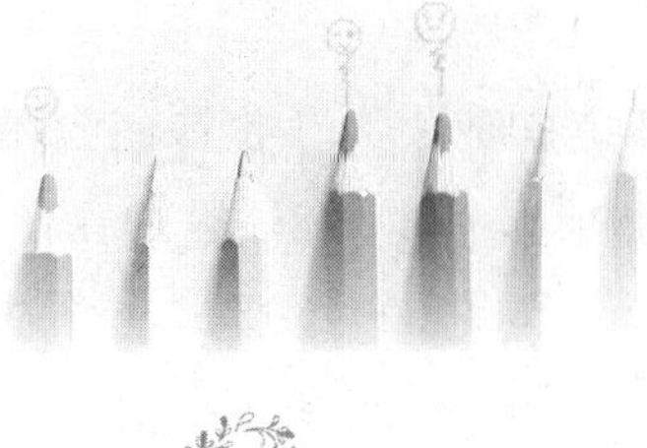

小皇帝詹姆斯：人生目标是当亿万富翁

Kewell

在晨练和媒体群访结束后，勒布朗・詹姆斯回到更衣室进行冰敷。随后球队抽样尿检抽到了他，一系列琐事搞得他很疲惫。他家里有个私人厨师，始终放着Jay-Z和图派克的音乐，一排排的衣服和鞋子十分闪亮。他爱这些东西，时尚就是他的蜜糖。摄影师给他拍完照他都会要回来，因为想发到推特上。

但现在他很累，厨师递给他鸡肉和辣酱，在享用之前，他还跟着音乐唱了起来，他身边的人似乎很习惯这样子，没人为此停顿。他爱唱歌，他拒绝摄入任何咖啡因，唱歌就是他的咖啡了。在照相机前他又随着音乐起舞，就像高中时候一样，让每个无聊的人都快活起来。

他说自己还想做个喜剧演员。他正在拍摄第一部电影，《球员（Ballers）》。“我想做个歌手，但我的声音太糟糕。我还想做画家，像毕加索一样。”他还希望成为亿万富翁。“如果能做到，将会是我最大的成就。我想将商业利益最大化，如果能成为一个亿万富翁运动员，哇哦，我的天，我会非常兴奋的。”

他已经有了10年的职业生涯，也许还会再有10年。所以现在路已经走了一半，是时候停下来想想了。“成为史上最伟大球员的目标是很高的。”他说。

他现在拥有的一切都棒极了。迈阿密的别墅、美丽的妻子和两个儿子、跑车、无数的美元、上帝之子。但是责任伴随能力，不管在场上还是场外都是如此。他身边的所有人都希望他能得到更多分。他们花钱来看一个超级英雄，超级英雄就该投篮，创造历史。“如果我愿意，我可以场均得到35分。”他说，“但那就不是我了。我的本能是看到队友处于空位就想传球。就算我的心态调整到出手得分，但我的本能——你知道的。”

他喜欢思考。“我能闭着眼睛，绑着手打球。我的思想可以让我回到球场……就像在午夜不开灯一样。”他很烦别人说他“改变了”，他一直没有，他仍记得自己的本能，阿克伦就像一袋水泥一样压在他的心里。

“胜利就是我的药。胜利就是我的冰激凌。像我的孩子一样，他们总希望要更多。”

实际上，6岁的布莱斯正在家附近的一家店里瞪着快要融化的冰激凌。“怎么了？”勒布朗坐到儿子对面问。

大家都知道，爸爸在工作，接受采访，谈论一场又一场的比赛，传球还是扣篮，留在这里还是去别的地方。萨凡娜不喜欢和陌生人接触，她会尽量避免眼神交流。她很严肃，他很风趣。2013年夏天他们正式结婚。

“你不喜欢你的冰激凌？”勒布朗问他的儿子。布莱斯看着冰激凌，又看看老爸，说道：“不喜欢。”

“那就买别的试试！别抱怨！”勒布朗说。他说做父亲和体育运动很像：“做家长、队长都是一样的。你能感受到身边的人的沮丧——也许是因为没有参与足够的进攻，作为领袖，你就要问他需要怎样的帮助。因为我们最终还是有一样的目标——成为伟人。”

赢家，伟人，就是人生的意义，不是吗？但勒布朗说胜利是团队而不是个人的。他的文身写着天命之子，这是一个标准的美式寓言。

而现在他飞黄腾达。他高三的时候场均得到31.6分，9.6个篮板，4.6个助攻，3.4个抢断，在后来他妈妈租下的22美元一个月的房子里，他的队友们经常来玩。勒布朗说他们来是因为喜欢他的妈妈，而他们则说是因为他。

后来，17岁的他登上了《体育画报》封面，拿到了球鞋商的赞助合同，成了2003年的状元秀，加盟克利夫兰骑士。“我的身价从10美元飙升到了1亿美元。那时候我还是个高中生。就是这样。”他说。

他身体往前倾了一些。“作为非裔美国人，我们从小就听别人说‘你变了’这样的话。就因为我想变得更好，并获得了成功，你就不再是曾经的你了。我当然不是，我想变成更好的人，改变不是坏事。我觉得这确实是作为非裔美国人的一个坏处。”

当他还在骑士效力的时候，他把家乡的邮编330文在了身上。

他现在仍然很感谢自己的父亲。“就好像，‘爸爸，你知道吗？我虽然不认识你，但你是我能有今天的原因之一’。这是激励自己的话——你不在我身边，我才能成为今天的自己。假如我有美满的家庭，也许我就没有帮助身边的人成长的能力。看看马弗里克·卡特，我的生意臂膀。里克·保罗，我的经纪人。兰迪·米姆斯，我的好朋友，也是一位经纪人。”

改变，也让勒布朗成了最让人讨厌的篮球运动员。2010年，他离开骑士加盟热火，超过1300万人观看了他的“决定”。

人们在街上放火烧他的球衣，用刀刺他的小人儿。骑士老板丹·吉尔伯特用一封信火上浇油：“国王会带着我们的诅咒加盟热火……”这些愤怒是强烈而幼稚的，最终，人们还是清醒过来向前看了。

勒布朗所做的决定是“我最好的选择”，他说：“我需要这么做，这让我成长为一个男人。我一辈子都在阿克伦生活，整个生涯都在骑士，一切都那么舒适。我需要不那么舒适的环境。”

在上赛季东部决赛第二场，勒布朗和保罗·乔治针锋相对。乔治完成一次扣篮，勒布朗就投进一记三分。比赛结束后，勒布朗跟在乔治身后，对他说："我会支持你的，年轻人。"随后他们击了掌，敌人还是有爱。从那之后，乔治便打出了爆发的表现，大家都说是不是勒布朗施了什么法。

"我擅长识人吧。"他说，"我知道他会变得非常非常好，我和他聊过几次。我愿意为每个人都这么做，如果有人向我寻求建议，我会给他们的。但我不会告诉你，这是我的秘密。"

他热衷伟大。"我一直关注其他运动员。我爱汤姆·布拉迪，也爱拿他和乔·蒙塔纳比较。我爱梅威瑟，也爱拿他与阿里对比。哦，梅威瑟能成史上最伟大的拳王吗？就那样的对比。有时候，我甚至会关注连续几场打破命中三分纪录的科沃尔。我会看体育中心，看其他媒体的社交网络。有时候我是看了那些才知道，哦，我已经连续500场得分上双？我和乔丹、贾巴尔并列？天哪，这成就好像挺棒的。"

当他在2013年赢下总冠军后，他多了一个新文身：阿克伦。

勒布朗起身，我们看到了他的小腿。右边文着"见证"，左边文着"历史"。

曼德拉：成为一个人

卢　悦

是成为人，还是成为物

曼德拉的一生，可以诠释司马迁的一句话：人固有一死，或重于泰山，或轻于鸿毛。

当然，曼德拉重于泰山。一个传奇之所以成为传奇，是因为它为人类提供了不同寻常的解决方案。如果你被判处终身监禁，从此你将被流放于一个到处是海豹、毒蛇和其他危险动物的荒岛上，被关在锌皮房里，被关禁闭，白天要去采石头，有时还要下到冰冷的海里捞海带，经常被铁锹痛殴，不得不吃狱警为你特制的泔水饭，强迫你吃下……你会变成什么样？

而这些正是曼德拉所遭遇的。曼德拉曾经讲述了一个“顺境男孩”的故事。他是泛非大会的党员，喜欢追逐异性、轻松生活。被捕时，天生具备娱乐精神的他甚至成了“激扬狱友斗志的最佳同志”。获释之后，他一度领导社会活动。但当他再次被捕、全家被抄，他却出卖了其他泛非大会的成员。后来，那人被无名枪手射杀。

曼德拉讲述的故事的核心是：当你失去自由，身处非人性的环境中，你被当成物体，而被剥夺了人的权利，此时你如何保持一个人的感觉。

此时，我们有三个选择：一个是将自己当成物，一个是把对方当成物，第三个是坚持把彼此当成人。当我们遭遇伤害，我们很容易放弃斗争，因为它可能意味着更大的丧失。我们试图封闭自己的感受，麻痹自己的神经，不断降低自己的需求，甚至欺骗自己，试图成为别人，我们取消了自我，无限地迎合环境，但这样的结果就是对我们内在深深的伤害。它甚至可以深达躯体层面，成为疾病的本源。当下很多男人忙于无休止的工作，而女人则忙于做妈妈，都是放弃了自我的一部分属性，试图通过“精神冬眠”来度过内心的寒冬，但结果却是内心的慢性死亡。

当然，我们也可以在伤害之后变成一个迫害者，比如曼德拉的那个战友，当他垮掉以后，就将其他人当成保护自己的“牺牲品”，我们当下的社会所流行的各种“厚黑”成功学其实就试图兜售这种“一将功成万骨枯”的道理。而曼德拉的一生也在诠释着他的不同选择，他有选择做顺民的机会，但他尊重了自己的人性，成为异见者。

一度，他也在当局的打压下，尝试着改变“非暴力”的策略，而试图通过暴力迫使白人政府屈服，但最终他选择了第三条道路，这是一条更难的道路。曼德拉说：“当我从监狱走出去的时候，是要同时解放被压迫者和压迫者。当我从监狱走出的时候，同时解放被压迫者和压迫者成为我的使命。”他又说：“我为反对白人专政而战，也为反对黑人专政而战。”

无论成为捕猎者还是成为猎物，都无法终止暴力的游戏，而真正的和平，来自让我们各自成为一个人。卡尔·罗杰斯说过：人一生的使命，就是在人群中成为人。种种的伤害和磨难都会诱惑我们退化成兽，泯灭了人性，成为行尸走肉，过着毫无生趣的生活。

黑洞与虫洞，解构与建构

但曼德拉不只是对那些入狱的人才有意义，也许我们当中的绝大多数人不会有他如此极致的遭遇，可有谁敢说自己没有在某种形式的牢狱里呢？无论职业的牢狱、情感的牢狱、精神的牢狱还是人生的牢狱，当我们身陷困境，自相矛盾、恶性循环不能自拔的时候，我们就是在服刑，审判者是我们，关押者是我们，罪犯也是我们。

曼德拉说过：“满足于比你有能力获得的更渺小的人生，这样的人生难寻激情。”我们经常听人说，既然大家都这么忍受着活着，为什么我要与众不同？我们在人生的很多时候都会面临一个选择：我们是继续前行，还是就此罢休，让一切停留在原地？

很多人就是害怕选择，因而长期停滞在不做选择的状态，因为一旦我们做出选择，就意味着某种丧失，于是避免丧失的最好方式就是不做任何选择，这样我们可以保持着各种可能性，我们通过不做选择而避免丧失，但也会因此承受来自双方的压力，我们内心的保守一面会希望自己彻底死心，而我们需要激情的一面又会对现状非常不满。

我们的人生其实就在两个词语的配对之间徘徊：1.控制与失控。对曼德拉来说，自由是可以支配自己的生活，而监禁则是失去了人生最基本的控制权。此时“人生三友”就会不请自来：无助感、无力感和无望感。这三个朋友会经常在黑暗的时候不请自来，当它们来的时候，我们就进入第二个词语配对中。2.解构与建构，丧失就是最大的解构，它意味着你拥有的，即将或者已经失去，而这是一条单行道，是无法挽回的消失，就像我们的长大，这就好像是黑洞一样，一切都会被巨大的引力吸收掉，婴儿是对胎儿的告别，孩童是与婴儿的分离，少年是在离开孩童，青年是失去了少年，而中年则要面对整个青春的逝去，老年则告别了一生的努力，死亡则是最终的句点。我们的一生都在丧失，都在哀悼，但同时在创造出新的生命。就好像物理学里的“虫洞”一样，我们可以穿越黑洞，黑洞中还有不同的时空，我们可以在不同的世界穿梭，我们将还原为粒子，然后重生。当然，这也是前所未有的冒险，因为你很有可能无法承受如此的转变，而会像“顺境男孩”那样，无法重构自我。

虫洞在哪里

心理学家弗兰克原本是一位受弗洛伊德心理学派影响颇深的决定论心理学家，弗兰克的父母、妻子、兄弟都死于纳粹魔掌，而他本人则在纳粹集中营里受到严刑拷打。有一天，他赤身独处于囚室之中，突然意识到了一种全新的感受：“在任何极端的环境里，人们总会拥有一种最后的自由，那就是选择自己的态度的自由。”凭着这样的态度，他让自己的心灵超越了牢笼的禁锢。

这句话似乎像非常空泛的励志警言，但对弗兰克来说，就是一个虫洞的入口，这句话的力量在于它让你在绝对失控的时候，找到了唯一和永远无法被剥夺的自控感。对曼德拉来说，他的虫洞在于他的事业和信仰可以让他超越肉体的樊笼。9岁丧父的他，被一个酋长收养，让他可以从苦难中超越升华的就是他可以成为南非之父，为全天下的如孤儿一样的弱者提供保护。如果你看过《地心引力》就会了解，当女主人公找不到回地球的理由的时候，一个死者对她的爱，也可以成为她的虫洞，让她从彻底的解构中寻找到活的意义。

我们的虫洞可以来自对自我的掌控，来自某种超越性的目标，也可以来自内化一个真正的爱我的人来实现，这些，是我们在黑暗中的火炬和入口，让我们可以穿越绝望、无意义、死亡、空虚回到人间。

每一次重生，我们都会失去一些，同时又会获得一些，但最终只有那些虫洞是永存的，它可以让我们在被解构成碎片的时候，依然坚持下去，依然重新凝聚起来，我们需要这样的坚持、这样的意义，这就是我们这么喜欢看那些大片的原因。

最终，我们是要成为一个幸存者，就像是曼德拉那样做到的，我们一生免不了被什么击碎，这是无可避免的，只是我们需要寻找到可以重新将自己拼起来的“虫洞”。而生命就是在这样的轮回中，完成它的使命，成为一个幸存者。

胡雪岩跳槽的艺术

黄龙霖

胡雪岩是清末最有名的红顶商人，富可敌国的大清首富。然而，胡雪岩在未发迹前，曾经跳过两次槽。可就是这两次跳槽，最终改变了他的命运。

胡雪岩第一次跳槽，是在大阜杂粮行当学徒的时候。那时，他才15岁。一天，一位从浙江金华来的客商到杂粮行谈生意，可不巧的是，客商刚到大阜就病倒了。由于他在大阜举目无亲，无人照顾，拖着病体又回不了金华，心里十分着急，一时急火攻心，病情更加重了。心地善良的胡雪岩知道后，就主动赶到客商的病榻前，给他端药送饭，忙前跑后，照顾得十分周到。在胡雪岩的精心照料下，客商很快康复。康复后，客商十分感动，就主动对胡雪岩说："我是金华火腿行的老板，我店的规模比你所在的这个小杂粮行大，也更有发展前途，这样吧，你跟我走，到我那边去上班，如何？"面对客商抛来的橄榄枝，胡雪岩却出人意料地拒绝道："这个可不行，我得先问一下我的老板。老板同意了，我才可以答应你。如果老板需要我留在这里，那虽然我想去，但也不能跟你走。"后来，当他去征询原来老板的意见时，老板见他如此懂事，就欣然答应了。胡雪岩于是就从杂粮行跳槽到了金华火腿行。

到了浙江后，因为金华火腿行的规模比较大，很多业务都要与杭州的钱庄打交道。和钱庄打交道的时间一长，向来善于观察和思考的胡雪岩发现，开钱庄很赚钱。从此，他开始暗下决心，一定要到钱庄去当学徒。

可是，怎么去呢？对此，一般人可能就会直截了当地去问：你们那里需要学徒吗？我能不能去呀？或者偷偷地递上简历、找关系等。但胡雪岩没有这样做，而是首先详细了解当钱庄学徒所需的条件。当他得知做钱庄学徒要算钱算得快，算盘打得熟，字写得漂亮时，他马上就开始每天暗自苦练书法和珠心算。由于他刻苦用心，很快就掌握了。之后，在与钱庄掌柜核对账目时，胡雪岩就故意不用算盘，全靠心算报账，且算得又快又准。这引起了钱庄掌柜的注意。后来，掌柜发现胡雪岩的算盘也打得快，还勤快好学，于是，钱庄掌柜便主动跟胡雪岩的老板说："我们钱庄非常需要像胡雪岩这样的人，你愿不愿意把他让给我呢？"看到胡雪岩有更好的发展前途，同时又能进一步加强自己与钱庄的联系，老板自然是高兴地答应了。就这样，胡雪岩不用自己开口，也不用求人，就如愿以偿地进入了钱庄，不动声色地顺利实现了第二次跳槽。从此，胡雪岩通过钱庄，最终成就了他人生事业的辉煌。

第二章

前路漫漫，与你为伴

要想走得快，就一个人走；要想走得远，请结伴而行。

一根稻草，扔在街上，就是垃圾；与白菜捆在一起就是白菜价格；与大闸蟹绑在一起就是大闸蟹的价格，我们与谁捆绑在一起，这很重要。一个人，不一样的平台会体现不同的价值，结交有正能量的人，会影响你的一生！

——李嘉诚

Priscilla Chan：她凭什么嫁给扎克伯格

郭　娇

2012年，脸谱网创始人马克·扎克伯格娶了在哈佛的同学、华裔女友Priscilla Chan（普莉希拉·陈），成为清华经管学院顾问。

媒体常把Priscilla跟嫁给默多克的邓文迪或者嫁进王室的凯特相提并论。但在我看来，她们很不一样。Priscilla在和扎克伯格约会的时候，他只是哈佛校园里一个玩电脑的书呆子极客，他玩得过火了差点儿被开除（他在创办脸谱网之前黑进哈佛官方服务器下载同学的个人照片），后来还干脆辍学去加州创业。在脸谱网拿到风投之前，Priscilla有与常人不一样的眼光、勇气、毅力来选择并坚持和扎克伯格在一起。Priscilla最初没有加入脸谱网跟着男友去加州，而是留在哈佛完成本科学业。两个人据说还因为相隔两地而短暂分手，可以说直到脸谱网上市与婚礼举行，整整九年，她对扎克伯格的“投资”才有了回报。

Priscilla貌不惊人，家里在波士顿中国城开越南餐馆，在旁边普通的公立昆西高中读书，每一条都颠覆了大家对亚裔女神白富美的想象。两个人第一次搭讪是在哈佛聚会时等着用卫生间的时候，第一次约会是在哈佛教育学院对面的Burdick巧克力店。传说在第一次约会时，扎克伯格马上有篇期中考试论文要交。Priscilla督促他赶快回去干活儿，让扎克伯格以为她对自己不感兴趣。如果说在哈佛岁月里，扎克伯格是天天逃课写代码的电脑小神童，Priscilla就用她的低调和坚定，提醒扎克伯格除了电脑以外的世界还在发生更重要的事儿。这种既互相陪伴又保持个人独立的品质，同样是男神女神们需要具备的。

每个人都能自由飞翔，但是在看见绝美的风景时，有个善解人意的小伙伴在身边，这才是幸福。

Priscilla从小就立志做儿科医生。并在结婚前从医学院顺利毕业，扎克伯格在她的脸谱网页面上特地留言："陈医生，我为你自豪！"她还来到北京的协和医院默默无闻地做了几个月的小实习生，连去上海看望来旅游的男友（几乎没人知道那就是扎克伯格）也得想方设法地请假。于是在一部关于中国警察的纪录片里，我们看见了他们两个人在轧马路，成了背景里露脸片刻的路人。

Priscilla对教育与医学的热爱也影响到扎克伯格。她有次在饭桌上讲起因为捐献的器官而挽救生命的故事，"她整个脸都被照亮了"，扎克伯格记得这个时刻，后来在脸谱网上增加了一条器官捐献的链接。因为Priscilla在中国城长大，接受的是公立教育，她与扎克伯格捐出1亿多美元来资助旧金山地区的公立学校改进教育质量，成为2013年最慷慨的慈善夫妻。这是Priscilla对扎克伯格最大的影响。有自己的梦想，坚持自己热爱的事业，不为外貌或出身而遗憾，不想成为衣架、生育工具或男神的附属品，在工作时专注，在说起梦想时神采飞扬，从内而外地散发光彩，才能获得男神的爱与尊重，这些品质让Priscilla成为当之无愧的哈佛女神。

如果你看见他们两个人去罗马的照片，不拎名包只穿连帽衫、牛仔裤加拖鞋，不吃米其林只啃麦当劳，在洒满阳光的广场上席地而坐，喝可乐吃薯条，谈笑风生，就像在哈佛校园里度过一个平常的午后。你就会明白为什么扎克伯格会选择Priscilla。让我们来帮扎克伯格配一下画外音吧——"不可取代的是你知道脸谱网之前的我是什么样子，不可取代的是你有让我为之骄傲的梦想与坚持，不可取代的是一路走来你总能让我开怀大笑”。

她的伟大与海明威无关

水木丁

这世界上有一种男子，人们管他们叫“天才”，无论科学家、文学家还是艺术家等，没有人能够否定他们的价值，世人热爱着他们，谈论着他们，在他们离去后，尘世间还流传着关于他们的传说，他们中的很多人都能够轻易得到女人的爱。虽然靠近他们就像靠近一个宇宙中的黑洞，你身上的生命能量有可能被他们吃干抹净。很多人在读过一些传记文学之后做出了这样的判断：“天才的男人用以远远地敬仰就好，不要嫁给他们。”然而这世界上其实也是有很多女人打破了这个“天才妻子”的魔咒的，其中最牛的一位就是玛莎·盖尔霍恩。

1936年，28岁的玛莎·盖尔霍恩在佛罗里达州旅行途中遇到欧内斯特·海明威时，她已经结束了她和一位法国侯爵的第一段婚姻整整两年，开始自己的记者生涯才仅仅一年，而海明威已经是世界文坛上的一颗巨星。两个人一见钟情，同是作者和记者的身份，让他们相信彼此是对方寻找已久的灵魂伴侣，于是很快走到了一起。在度过了相对愉快的四年恋爱时光之后，他们决定结婚，盖尔霍恩正式成为海明威的第三任妻子。读过海明威传记的人都知道，海明威是个很大男子主义的人，再加上天才那种骄傲敏感和火暴脾气，按理来说以海明威这样强大的气场，大多数女人都没有与之抗衡的能力，很容易变成整天围着丈夫转的“名人的妻子”。但是盖尔霍恩的内心无比强大，她并没有因为成为海明威的妻子就放弃了自己想成就的事业，而是一直活跃在战地最前线。1941年，她接受媒体邀请来中国报道抗日战场，海明威作为她的丈夫陪同前往。海明威是个作家，同时也非常热爱战地记者这项冒险的职业，但是不得不说，在这个职业中，他的成就可远远不如他的这位妻子。

这样强悍的女人，在后来和海明威的婚姻开始产生裂痕的时候，自然也不是省油的灯。海明威家族有精神病史，家族成员有很多人自杀，海明威本人也有抑郁狂躁症，但是他不肯就医，靠喝酒来解决自己的痛苦，可想而知，这位天才喝醉的时候，是多么折磨人。有一次参加朋友的派对，他又喝得酩酊大醉，盖尔霍恩开车说了他两句，他伸手就给了盖尔霍恩一个嘴巴。盖尔霍恩二话没说，直接开着车朝一棵树撞过去，然后把海明威和撞烂了的车子都扔在那里，自己扬长而去。海明威曾经在他们的寓所养了一大群公猫，他觉得给公猫做绝育手术有损雄性的尊严，于是这些公猫到了发情期时，惹得四邻不安。有一次海明威离开家几天，盖尔霍恩就亲手把这些公猫一只一只地都给阉了。海明威回来之后几乎要被气疯了。这样的两个人，最后的结局也是可以预料的，1945年，盖尔霍恩离开海明威奔赴前线去继续她的危险报道，他们的婚姻也就此结束。

很多中国人都知道盖尔霍恩是海明威的第三任妻子，却不知道，她还是世界上最著名的战地女记者。她报道过西班牙内战、芬兰战争、第二次世界大战、中国的抗日战争、越南战争等八次世界上著名的战争，被称为世界上最伟大的战地记者。现在美国有个盖尔霍恩新闻奖，就是以她的名字命名的。离开海明威后，她又结过一次婚，后来也离了。她在81岁时还战斗在第一线，报道美国入侵巴拿马事件。1998年，几近90岁的霍尔盖恩身患重病，已经失明，她觉得自己活得实在太长了，于是决定结束自己的生命，服药自杀。

她是伟大的作家海明威的词条上的一个注脚，但是反过来也一样，在她的维基百科词条中，海明威也只是她的一个注脚。她曾是伟大的海明威的第三任妻子，但是在她将近90年的人生中，她没有一天不是她自己。

我给 Lady Gaga 做衣服

赣　江

向往时装殿堂

80后小伙儿留学英国

1989年出生的罗宇豪是深圳人，2001年就读于深圳中学，6年中学生涯后，2007年考上了清华大学美术学院，立志成为一名建筑师。

2009年6月的一天，罗宇豪和同学被邀请参加了一个时装发布会演出，T台上的时装，吸引了罗宇豪的目光。此后，罗宇豪开始“改行”，学起了服装设计。为了追求更高的艺术造诣，他向英国皇家艺术学院提出了求学申请。

罗宇豪幸运地获得录取通知书，成了当年班上唯一一个来自中国大陆设计院校的学生。

毕业优秀作品

Lady Gaga慧眼相中

2013年5月，罗宇豪以英国皇家艺术学院国际学生第一名的成绩毕业。

受当代极简风格的作品启发，加之罗宇豪之前在清华大学美术系建筑专业的功底，罗宇豪设计了一套极简主义风格系列。

这个系列的服装采用极简的建筑风格。别看只是一件衣服，但其实是跨界合作，采用各种工艺，要通过电脑软件建模，要跟建筑系的人和产品设计系的人合作，最后成品融合了不同的知识领域。

2013年5月底，英国皇家艺术学院毕业秀如期举行。这一次的毕业秀演出，席间就坐着Lady Gaga的团队代表。

2013年6月中旬的一天，一个电话让罗宇豪惊呆了。

电话中，一个温柔的女声说：“罗先生，你好，我是Lady Gaga的助理。Lady Gaga特别喜欢你在毕业秀上的时装，她很想穿，不知道你愿不愿意借给她……”

罗宇豪想都没有多想，连声说：“可以……”

紧接着，罗宇豪就将自己毕业设计的Minimal Mechanism（极简主义风格）系列时装样本图集全部邮寄给了Lady Gaga团队，Lady Gaga相中了其中的五套。

2013年8月20日，Lady Gaga在纽约为新单曲《Applause》宣传造势，就穿着那套简约风白裤装。

因为Lady Gaga，罗宇豪一夜闻名。

跻身时尚之圈

加盟高端品牌设计

Lady Gaga一贯以大胆、奔放、疯狂、雷人的衣着吸引媒体的目光。和Lady Gaga的团队接触后，罗宇豪发现她最近的风格变内敛了，追求更有品位的、好看的东西。

还有一个重要的原因，2013年8月初，Lady Gaga原来的专辑造型的设计师请辞，她起用了新的造型总监——Brandon。Brandon跟以往的主造型师不同，追求简约、干净的时尚感，不再只是凸显浮夸的一面，而是追求由内涵到外形一体的优雅美。

当代时尚趋势走的是简约风，即剪裁干净利落，Lady Gaga清楚自己“潮流引领者”角色的定位。

所以，罗宇豪的出现，和她的追求“不谋而合”。

果然，Lady Gaga穿着简约风的白裤装在纽约一亮相，众多媒体就开始深挖罗宇豪，罗宇豪即刻成了“名人”。

2013年8月底，英国高端时尚品牌Nicole Farhi（尼科尔・法伊），也是时尚界特别受宠的设计师品牌，向罗宇豪发出了邀请，罗宇豪幸运地成为他们的设计师。

Lady Gaga更不会忘记这个优秀的东方设计师，她非常欣赏罗宇豪的设计风格，2013年9月，邀请他加盟了新专辑的造型团队，成为她的造型设计师。

富翁太太都是谁

［日］新井一二三

在日本，一年收入超过一亿日元的富翁，大约有九千人。甲南大学经济系的森刚志副教授曾对他们进行访问调查，出版过《日本富翁研究》一书。最近一期的《PRESIDENT》双周刊跟森副教授合作，向其中一千名富翁的妻子发出问卷，做了关于她们经历和生活态度的调查，得到一百多人的回答。

在很多人的印象里，富翁太太都是穿着名牌服装的超级美女，调查结果显示的日本社会现实，却出乎大家的意料。

森副教授指出，日本的富翁太太和普通女性最大的区别是学历。超过七成的富翁太太，有大专以上学历，比日本女性平均教育水平高出大约三倍。考虑到她们的年龄（平均59岁），这个数字可以说相当突出。她们的父亲、如今接近90岁的老人，有四成以上是大学毕业的，比那个年代男性的平均教育水平高出四倍。

看来，高学历就是在日本致富的第一要诀。

其次，当被问到自己长大的家庭富不富裕时，三分之二的富翁太太回答说，自己出身于很富裕或比较富裕的家庭。

综合以上两点，森副教授说，日本早就有社会阶层固定化的趋势：富裕的父母让下一代得到优质的教育，结婚的对象也要求门当户对，大多来自同一阶层。结果，富裕阶层的资产越来越多。

问卷调查的结果更显示：不少富翁太太的家庭出身，比起丈夫，有更高的社会经济地位。在年纪较大的一代里，多数富翁太太是富裕家庭出身的小姐，嫁给富翁以后，做家庭主妇的。她们一般都有女主人的气派：善于交际、谈吐不俗、懂得幽默。到了今日，在富翁太太当中，女强人占的比率明显提高。

森副教授指出，由日本最高学府东京大学的女毕业生组成的“五月会”，被富翁们视为找配偶的最佳场所，因为智力高的太太能够在事业上帮助丈夫，使家庭资产增值。也就是说，在日本，无论是哪个时代，像好莱坞影片《麻雀变凤凰》里那样，社会下层出身的女性被富翁看中而结婚的可能性非常低。

关于富翁太太的生活态度，调查发现，她们一有资金就买房地产，并以公司名义拥有它，为的是避免巨额的继承税。她们手头上的现金不多，平时过日子相当节省，不会天天在百货公司买名牌。只是对儿女的教育从来不吝啬，因为“家里有条懒虫，十亿日元的资产，都容易在几年内花尽”。

森副教授说，真正富裕的人，对奢侈生活没有兴趣，他们对投资、扩大资产的兴趣大得多。在一百位富翁太太中，没有一位是热衷于购买名牌货的。

显而易见，经济头脑是做富翁太太的必要条件。

相比之下，在年收入三千万日元左右的接近富裕的阶层里，三分之一的人拥有名牌汽车，也热衷于收集古董、美术品等，显然，特爱追求虚荣。在媒体上经常出现的富翁就是这类人。

真正富裕的人，非常明白保持低调如何重要，炫耀资产，容易引起别人的嫉妒和来自社会的批判。

这次调查的结论是，没有经济头脑的女性，不管多么漂亮，最多只能做富翁的情人；要做富翁的正室，与其研究打扮化妆，不如提高智力、研究理财。

“圈子”就是财富吗

苗向东

一知名公司的CEO到沃顿商学院参加演讲，他提问道：“你们读MBA（工商管理硕士）的目的是什么？”并给出了3个选择：MBA的名声、圈子和知识。大多数人毫不犹豫地选择了圈子，然后还反过来问他：“你1953年毕业，到现在对你帮助最大的是什么？”他回答说：“就是圈子。”

圈子，实际是一种信息和人脉的集合。

很多人读大学不是为学历，而是为了进入某个圈子。比如哈佛大学的招生广告就指出：“来吧，宝贝。到这之后你的年薪不会低于20万美元！”同样耶鲁大学也说：“来到这里，你就能追寻威廉·塔夫脱（美国第27任总统）、老布什（美国第41任总统）、克林顿（美国第42任总统）、小布什（美国第43任总统）的步伐。”

读EMBA（高级管理人员工商管理硕士）也不是为学历，而是为了进入上层圈子。长江商学院等名校在富人圈炙手可热，即使学费要65.8万元，有钱还难进，门槛越高“圈子”越火。

圈子是机遇，是订单。为此，美国最大的信封企业的老板麦肯锡，他乘飞机出差只坐头等舱，什么原因呢？他说：“坐头等舱的都是什么人啊？有钱人。有时我在头等舱认识一个客户，就可能给我带来一年的收益。”乘坐昂贵的头等舱对于他不是必要的，却使他事半功倍，他有很多客户都是在头等舱认识的。还有杭州某楼盘的营销负责人李小姐挤破脑袋自费攻读浙大EMBA，结果在同学圈中她居然卖出了36套房子。

圈子是灵感，是进步的台阶。王永庆说“圈子”是另一个层面的生产力，在这里，很容易得到合作伙伴、朋友、引路人。2000年，他参加了重庆大学的一次培训，在圈子里他遇到了一个对他来说很重要的人，让他对企业的战略产生了很大的影响。这位老师告诉他企业要做精，不能三心二意，要学会做减法。他突然悟到：“做减法，做到品类第一。”于是他果断地转型，做黑色养生火锅。另外，曾经是某品牌医疗器械浙江区总代理的曾先生，在攻读EMBA学位时听取同学建议，转行做起了茶产品的生意，拿到了2000万元的订单……几乎每个参加EMBA班的学生，都有这样“成功的案例”。

圈子是战斗力，是生产力。这里不仅仅是交友平台，更是关系转化为“融资能力”乃至“生产力”的平台。保罗·艾伦年轻时就与盖茨志趣相投，一起干事业，这就奠定了他的未来。与一个注定要成为亿万富翁的人交往，自己怎么可能成为一个穷人呢？你与之交往的人，就是你的未来！窦大海称：“以前手机里存的都是些平凡的名字，现在突然加上了马云、史玉柱，那种感觉非常棒。”

圈子是金钱，是财富。犹太经典《塔木德》中有一句话：和狼生活在一起，你只能学会嗥叫；和那些优秀的人接触，你就会受到良好的影响，从而耳濡目染，潜移默化，成为一个优秀的人。IT（互联网技术）创业者的圈子是社会最耳熟能详的，比如雷军系、李开复的创新工场、网易“创业帮”、清华创投圈等，可以被称为创业者密度最大的地方。还有温州商会、浙江商会、中国企业家领袖年会、亚布力中国企业家论坛、博鳌论坛等，这些“圈子”融合了国内甚至国际顶尖的人脉，随便一个人都可以让你的事业平步青云。

但是谁都不能忘记，所谓圈子、资源，都只是衍生品，最为重要的还是你的知识和内功的积累。只有自己修炼好了，才会遇到更多的“贵人”。你只有奋斗到了那个层次，才会有相应的圈子。而如果自身层次不够，你即使到了那个圈子，也只能是一个可怜虫。

天才住在我家隔壁

范　真

我读《乔布斯传》时发现一个有趣现象：乔布斯的创业伙伴、同事、朋友几乎都住在他家附近。他们不只是工作上来往，私底下也会经常串门。给他图形界面启发的施乐公司就在他家附近，他找的也是附近的广告公司，而这家公司因为给苹果做广告后来成了著名的广告公司。苹果公司里的天才程序员、天才设计师尽管是外州的、外国的，但是都是先来到硅谷定居，然后才机缘巧合地进了苹果。所以，还是乔布斯在家门口找来的。

苹果和微软一样，刚开始时就是一家彻头彻尾的本地化公司。它所有的资源都来自本地，所有的人才也都在本地招募，他们一起成就了苹果，当然，反过来，苹果也成就了他们。

平均来说，一个人经常交往的人也就150个左右。你如果搬家了，原来的朋友、熟人就渐渐联系少了，在新的地方很快你又会建立起一个150人左右的关系网络。这150个人中，绝大多数是和你同属一个时空的人。也许看电视、上网可以让你暂时脱离这种传统的生活和交互方式，但你会发现你只要还是个社会人，就离不开这种传统的生活和交互方式。你的影响范围大多数情况下就是那150人。

如果你愚笨（我们都是），那么认识你周围那150个人就够了，那就是你的世界。你可以创造出比乔布斯还辉煌的成就，只要你能深度挖掘你自己及你周围那150人的潜力。正好乔布斯家周围聚集着一帮天才，然后他们一起造就了苹果？我不信。我更相信事实是这样的：世界上的每个人都是潜在的天才，他们很多人缺乏机遇和机会，而乔布斯和他周围的人很好地把握住了一个机遇和机会，于是每个人心中的天才释放了出来。他们一起做成了苹果，就这么简单。

马云创办阿里巴巴的时候和他的“十八罗汉”说：“你们都是连长排长的料，将来师长、团长我要从外面请。”这话很伤人自尊。还好这“十八罗汉”没有自暴自弃，现在反而把那些空降兵师长、团长都给挤走了，因为还是他们自己最了解阿里巴巴，对阿里巴巴最有感情，而所谓的管理能力就像孩子吃奶一样，谁不会啊？给个机会，都能学会。“十八罗汉”他们是天才吗？在马云眼里不是，但他们是和阿里巴巴一起成长起来的，这就够了。乔布斯的工程师、设计师们也不是天才。

互联网经过了近20年的发展，是该回归根本的时候了，因为人最常、最容易、最深度接触的还是他周围的人和事物。互联网也要走本地化的道路。

最近找一个猎头朋友帮我招一个人，她问我什么要求，我最后加了一条：家住浦东。

为什么你要和靠谱儿的人在一起

风清扬

巴菲特每年都会同大学生进行座谈，在一次交流会上，有学生问他：“您认为一个人最重要的品质是什么？”巴菲特没有正面回答这个问题，而是讲了一个小游戏，名为：买进你同学的10%。

巴菲特说：现在给你们一个买进你某个同学10%股份的权利，直到他的生命结束。你愿意买进哪个同学余生的10%？你会选那个最聪明的吗？不一定。你会选那个精力最充沛的吗？不一定。你会选那个“官二代”或者“富二代”吗？也不一定。当你经过仔细思考之后，你可能会选择那个你最有认同感的人，那个最有领导才能的人，那个能实现他人利益的人，那个慷慨、诚实，即使是他自己的主意，也会把功劳分予他人的人。然后你把这些好品质写在一张纸的左边。

现在再给你一个机会，让你卖出某个同学的10%，你会选择谁？你会选那个成绩最差的人吗？不一定。你会选那个“穷二代”吗？也不一定。当你经过仔细思考之后，你可能会选择那个最令人讨厌的人，不光是你讨厌他，其他人也讨厌他，大家都不愿意和他打交道。因为此人不诚实，爱吃独食，喜欢耍阴谋诡计，喜欢在背后说人坏话，喜欢过河拆桥、落井下石，等等。然后你把这些坏品质写在那张纸的右边。

当你仔细观察这张纸的两边，你会发现能力强不强并不重要，是否美若天仙也无所谓，成绩好不好根本没人在乎。左栏那些真正管用的品质，全都是你可以做到的，只要你愿意行动，你就能拥有这些品质。而那些坏品质，没有一个是无法更改的，只要你有决心，你一定能改掉。如果你能够做到左栏写的，摒弃右栏那些，你就会成为人人愿意买入10%的人，更好的是你自己本就100%地拥有你自己了。

我提到以上这个故事，是因为身边就发生了一件很有趣的事情。朋友T君遇到了几个搞游戏开发的朋友，他们搞了一款游戏准备自己成立公司自己运营，但苦于缺乏投资，找了半年没找到投资商。于是拉T君入伙，准备一起找投资商。T君凭借自己多年的人脉关系，很快就找到了一家很大的投资集团愿意入资。可是那几个人发现，既然已经找到了投资人，T君就变成多余的人了，何苦还要分给他股份呢？于是他们踢走了T君，准备自己去签署合同。

你作为一个投资人，这样的合同你敢签吗？投资人怕的就是变来变去。你在最后关头将中间人一脚踢走，准备吃独食，这种事儿你能干，其他事儿你也会干出来，既然你这个人不可靠，那么具体你有多大能力、本事，都不重要了，因为反正也不会同你合作。投资其实投的是人和团队，最重要的就是可靠，而不是你的专业技能。水平不行还可以花钱雇更强的人，如果此人不可靠，那就彻底没办法了。

小时候喜欢看三国，几乎人人都知道，在武将之中能力最强的就是吕布，俗话说：人中吕布，马中赤兔。但是后来被称为武圣的并不是吕布，而是关羽。

因为关羽具备两个身为武将最重要的品质：“忠”和“义”，吕布则是个三姓家奴，谁势力大就投靠谁。同样都被曹操抓住了，吕布原本还想找刘备求情，结果刘备说了一句“君不见丁原董卓之事乎？”于是曹操就把吕布给咔嚓了。

关羽投降之后，曹操对他大力投资，关羽也是知恩图报，先是斩颜良诛文丑，解白马之围，后又华容道放了曹操。曹操的投资有了很大的回报。如果曹操是个投资人，那他肯定是个顶级PE（windows预安装环境），因为他懂得看人。

诚信不仅是一种品行，更是一种责任；不仅是一种道义，更是一种准则；不仅是一种声誉，更是一种资源。就个人而言，诚信是高尚的人格力量，是人与人之间相互信任的基础。一个靠谱儿的人，往往更容易得到信赖和尊重。

刘姥姥的破局功夫

赵　炎

《红楼梦》中刘姥姥原先只靠两亩薄田度日，算个自耕农，她的女儿嫁了王狗儿。王狗儿的祖上曾做过小京官，与金陵王家攀过宗亲，奈何家业萧条，到狗儿父亲这一辈只好回到乡下种地。王狗儿的境遇当然也好不到哪儿去，所以他经常喝闷酒、生闲气。如此一来，丈母娘看女婿也就越看越不顺眼，开始长篇大论地教训起来，并给王狗儿指明方向——找金陵王家攀攀关系，或许能得到点儿好处。王狗儿听后如醍醐灌顶，心思也活了。

刘姥姥找周瑞家的帮忙引见时说：“原是特来瞧瞧嫂子；二则也请请姑太太的安。若可以领我见一见更好，若不能，就借重嫂子转致意罢了。”平和从容，可与不可之间，满满的无所谓，不是一般的持重。刘姥姥见凤姐儿时，对答把握得更好。如语前必念佛，意在赞誉凤姐儿乃生佛，一个七十多岁的老妪如此对待一个不足二十岁的妙龄女子，不过是强调自身的思诚罢了。“我们家道艰难，走不起，来了这里……”这句话言有物，行有恒，固穷，也是为了彰显独善之意。最核心的一句，“今日我带了你侄儿来，也不为别的，只因他娘在家里，连吃的都没有……”多么圆转通达啊！不虚言，不伪饰，既正了“亲戚”之心，又诚实地表达了自己的来意。诚后，成也，怎能说人家乞讨呢？嗟来之食，刘姥姥也不会要。

刘姥姥第一次到荣国府，所得并不多，二十两银子，五口之家一年的生活大抵是不愁了。刘姥姥第二次来时，凤姐儿仅给了八两银子，但是她依然很知足。也正是因为这点儿恩情，贾府被抄家，凤姐儿去世前，刘姥姥勇敢机智地救了巧姐。

在刘姥姥的破局功夫中，最让人钦佩的还是“心战”，跟黏合剂似的，一不留神儿居然做了“派对”的风暴眼，风头盖过了贾母。本来只是感谢之旅，送些土特产给大伙尝尝，表达一点儿“穷心”，然后就回家的，不想贾母知道了，偏要找个“积古的老人家说话儿”，于是上演了一连串好戏，刘姥姥几乎征服了所有人。

初次见面，两位老人家彼此称呼“老寿星”“老亲家”。阶层的不对等，在此已不重要，重要的是心态上的通透与情感上的黏合。稍微叙叙家常，刘姥姥便开始演绎小品，给一干人等平添了不少欢乐。前后并无一句哭穷的泪水、煽情的语言，然而贾母与王夫人还是听得一愣一愣的，连宝玉也被勾起了好奇心，拉了刘姥姥出来细问。

至妙玉敬茶一节，她与贾府上下已不可分了。贾母吃的半盏茶，递与刘姥姥，说：“你尝尝这个茶。”她便一口喝尽——多么亲近。妙玉打算扔了刘姥姥用过的茶具，宝玉则建议别扔，留给刘姥姥卖了当钱使——多么体贴。刘姥姥醉卧怡红院，袭人悄悄帮她遮掩——多么随和。

这一次，刘姥姥的收获相当大，现银百余两，绫罗绸缎、名贵药材、各色点心以及成衣器玩等数不胜数，足以使王狗儿奔小康。

社会底层的生存环境固然严酷，有时让人感觉无法逃脱，但若正视既定身份，正确把握机会，像刘姥姥那样微笑面对，努力作为，那么命运的多舛以及某些传统因素所导致的底层困局也未必打不破。

刘伯温的隐与显

周　礼

在追随朱元璋以前，刘伯温一直过着隐居或半隐居式的生活，他一边教书育人，一边研习兵法、天文、文学等。

这年，朱元璋手下一个叫胡大海的人听说处州附近有几个隐士很有才能，便命人去请，这其中就包括后来帮朱元璋一统江山的刘伯温。其他几个人一请就到，唯独刘伯温不肯来。胡大海又派人去请，刘伯温还是不到。于是胡大海向朱元璋报告了此事，朱元璋听后很感兴趣，虽然他做不到像刘备那样三顾茅庐，但他对人才同样求贤若渴，他立即派了孙炎再去请，还带了许多礼品。谁知这个刘伯温不知好歹，硬是不给朱元璋面子，为表决心，他还回赠了一把宝剑。孙炎可没有胡大海的耐心，他给刘伯温带了一句话：“剑当献天子，斩不顺命者。”刘伯温是个聪明人，他知道，如若自己再端着，恐怕只能做刀下鬼了。

要说刘伯温没有野心，这肯定是假话，要不然，他也不会多次参加元朝的科举考试，也不会尽职尽责地当了五年的县丞。其实，他蛰居乡野，一方面是为了观察形势的发展，另一方面也在等待机会。当时，江浙的义军有三大阵营，分别为张士诚、陈友谅、朱元璋。其中，陈友谅的势力最大，朱元璋的势力最弱，在形势不明朗的情况下，最好的办法就是等待。因此，他不想这么快就做出选择。

投靠朱元璋后，刘伯温一直很少发言，这其中主要有几个原因：一则，自己初来乍到，人微言轻。二则，尚未取得朱元璋的信任，锋芒太露只会引火烧身。三则，没有大的战事，不足以展现自己的才能。刘伯温这样做是对的，朱元璋手下的谋士没人将他放在眼里，自然也没人排挤他，陷害他。当然，刘伯温的隐忍不是懦弱，而是为显露做准备，他追求的是“不鸣则已，一鸣惊人”。

机会终于来了，至正二十年（1360年），陈友谅率精锐大举来犯，以朱元璋的实力根本无法与之抗衡。应天（今南京）城内一片慌乱，朱元璋急召手下谋士，商议破敌之策。平日里那些自诩才智过人、神机妙算的谋士，此刻都没了主意，他们有的主张投降，有的主张放弃应天，但就是没人主张御敌。面对陈友谅强大的军事实力，不要说那些谋士，就连朱元璋本人也十分忌惮。

就在这时，刘伯温站了出来，他大声地斥责道：“那些主张投降或逃跑的人应该抓来杀掉，敌人未到，你们就被吓成这个样子，也太丢主公的脸面了。”大家都把目光投向了刘伯温，心想，难道这人不怕死吗？刘伯温没有理会他们，又接着说道：“陈友谅虽然强大，但他骄横，且不善陆战，只要诱敌深入，再以伏兵击之，陈必败。”这是一个大冒险，谋士输不起，朱元璋更输不起，何去何从，实在难以定夺。刘伯温见大家都不吱声，只好叹息着说：“如果失去应天，我们又能去哪儿呢？要走你们走，我誓与应天共存亡。”

都说患难之时见真情，在这生死存亡之际，刘伯温能够勇敢地站出来，并做出这样一番表态，怎能不让朱元璋感动呢？更何况，刘伯温的话说到了朱元璋的心坎上，他从一个放牛娃、一个要饭的和尚奋斗到今天不容易，逃，就意味着失去现有的一切，与其这样，不如放手一搏。刘伯温给了朱元璋勇气，也给了朱元璋信心。后来，朱元璋依照刘伯温之计，果然大破陈友谅，从此，刘伯温成了朱元璋的左膀右臂，备受尊敬和恩宠。

如何成为关键人物的圈内人

俞　茵

在他人眼里，Kathy算得上是个成功的创业者。6年前和客户合作，用很短的时间将休闲家居品牌“大嘴猴”做得风起云涌，前年在公司业绩最佳时，她成功将自己手中的股份售出。

很多人惊讶于Kathy对时机的把控，也就是说每到一个十字路口，总有人帮助她把握住关键时间点和做出正确的决策。当她犹豫是否要转让股份时，无论是投资顾问还是律师，从各自专业的角度替她分析了利弊；她刚开始经营VDG（迪伽默）男装品牌时，就有各路人马似隐似现地替她搭线认识了“资本家”、电视媒体人，成功地融到了资金、上电视演了回“真人秀”……

不要以为Kathy身边都是些天生喜欢助人的慈善家，这是因为Kathy具有很强的社交机敏性和审时度势的能力。她很清楚自己的优势、弱点以及他人的情绪感受，所以比较容易得到别人的信任和帮助；她很重视对自己人脉的投资，读了各种类型的总裁班，很注重建立各种关系网和整合老师、同学的资源。很多成功的女性会表现得很清高，但Kathy却很懂得示弱，并将自己塑造成“自强不息”的“小”女人，有意识地“制造”声势和舆论，赢得了关键人物的青睐与支持。

在交大进修时，Kathy认识了授课老师，经由老师认识了唯众传媒当家人和《谁来一起午餐》的导演；在参加节目录制的过程中，她又收到了上海新沪商联合会创办的大商学院的招生信息，30万元的学费，在他人眼里再添些钱都可以去中欧、长江读MBA了，但Kathy很快就品出了大商学院背后的影响力，如：可以与唯众当家人成为师姐妹关系，还可以拜某地产大亨为师，结交更多的商界大佬和创业者……在报读交大商学院前，Kathy已从一次饭局中得知，某大亨有意投资消费品项目，便在饭局友人的介绍下拜见了这位大佬，但融资的事情短时间内无法确定，于是，她决定入学拜师，让那位地产大亨能近距离考察自己。

现在，Kathy只要想，就能通过电话或者当面得到来自上海新沪商联合会的大佬们的商业指点，对此，她的感悟是：

走近商界大佬、走入核心圈层，首先要做到不卑不亢，表现出足够的真诚，获得信任感。一句话，有时不妨傻一点儿，大多数时候要简单一点儿！

如果要真正融入大佬的圈子，让他们愿意带你、给你资源，那你就必须有足够的被利用价值，就要自己有货，而且足够主动和努力！

不管是否成功，都是有血有肉的个人，感性的共鸣能够成为很好的朋友，理性的互补能够成为合作的伙伴！

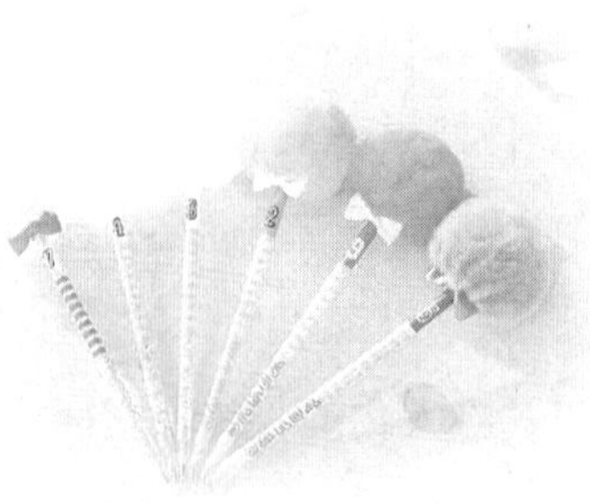

牛过总统，你就可以嫁给总统了

席　越

美国总统奥巴马在接受搞笑访谈节目《两棵蕨类之间》采访时，节目创始人故意说奥巴马是一个书呆子，而这位美国总统的回答是：“如果我是一个书呆子，米歇尔怎么会嫁给我呢？不信你去问问米歇尔。”似乎米歇尔是他信誉的保证。

我一点儿不好奇奥巴马是不是一个书呆子，我更关心米歇尔是如何嫁给他的。

与混血儿奥巴马相比，米歇尔才是血统纯正的非裔美国人。她的父亲是一名为芝加哥市政府工作的锅炉维修工，母亲是学校的一名秘书。她小时候生长在芝加哥南部的蓝领聚集区。从美国非裔奴隶的小白屋走向白宫，整整用了五代人。米歇尔是这段漫长而艰巨的行程的唯一实现者。

人人都有均等成功机会是美国梦的核心部分。这个梦，相比奥巴马总统，米歇尔是更好的代言人。

米歇尔在一次演讲中，提及父亲，说他在生了一场大病之后，还要坚持工作，每次出门之前即使手脚不灵便也要自己穿衣服。她说她看到那个景象，深为感动，说他是她的榜样，因为他一直辛勤工作和生活。

总之，一个并没有受过高等教育的父亲、一个蓝领阶级的家庭，却培养出了两名普林斯顿的毕业生——米歇尔和她的哥哥。

简单概括一下年轻的米歇尔姑娘吧，她就是我们从小听说的那种女学霸。学霸最后一直通关成为女博士。从哈佛法学院毕业之后，米歇尔事业发展顺利。她先在一家全美排名第6的大律师事务所做律师，几年后成为芝加哥市长助手……在奥巴马当选为美国总统前，她是芝加哥大学医学院的副院长，同时还是几个机构的执行董事。

她和奥巴马的相遇是在律师事务所时——学霸米歇尔当初只是选择了一个跟着她实习的实习生约会而已，但是，当年学弟奥巴马追求得很真诚。

除此之外，我无法想象一个“和所有的母亲一样，在事业和家庭的双重角色之间挣扎、疲于奔命”的米歇尔如何坚持每天健身45分钟。

和“高效率持家能手”及“雕塑般的肱二头肌”相匹配的，是把白宫的草坪变成有机菜园子和在美国校园推行“新营养午餐”标准。

之前，美国大部分学校食堂提供的午餐通常是：急冻比萨饼、急冻炸鸡块、急冻炸薯条、可乐。2012年，米歇尔宣布了该法案的最终要求后，新的午餐于当年秋季开始推出。到2014年7月1日，所有的谷类食品都必须为全谷类；校园午餐的含盐量在未来10年内，必须减少一半。同时，以往可以吃到的果汁冰棒，今后将改为新鲜水果。

在奥巴马准备竞选总统时，米歇尔看过他的竞选计划之后才答应和他并肩战斗。作为一名高层职业女性、律师事务所的合伙人和多家机构的董事，她不但为丈夫的竞选计划把关，更利用她在商界的人脉为奥巴马的竞选筹集到不少赞助。

洪晃在南都的专栏曾提及，有75%的中国女性认为“干得好不如嫁得好”。而米歇尔，无疑是美国独立知识女性的代表，她的例子是“干得好才能嫁得好”。

最新数据表明，有高达64%的美国民众对米歇尔抱有好感，比总统奥巴马高出11％。她的人气一直高于奥巴马，我甚至以为如果米歇尔和希拉里一同参加下一届总统大选，那么将是一场势均力敌的竞选。别忘了，希拉里也是一名出色的第一夫人。

如何嫁给一个美国总统？答案是：比总统更牛。

第三章

我就是我，生如烟火

成功只有一个——按照自己的方式，去度过人生。

我就是我
是颜色不一样的烟火
天空开阔
要做最坚强的泡沫
我喜欢我
让蔷薇开出一种结果
孤独的沙漠里
一样盛放的赤裸裸
——张国荣

李嘉诚的精明和厚道

何鹏飞

人活在世上，不是处世做事，就是为人、待人。做事精算，每一个细节，务期效益极大化。但为人、待人，经常是零和游戏，我们的算计可能是别人的损失，我们的精明可能代表别人的愚昧。宽恕、宽待每一个人，才能广结善缘。

华人首富李嘉诚有一个故事被传播了很多年。有一次，李嘉诚先生在宴会结束后走出饭店，伸手从口袋中掏出手帕时，一个港币铜板掉了出来，一直滚到水沟里。当李先生试图去捡回铜板时，饭店的服务员快速上前，捡回铜板，擦拭干净后，交还给李先生。李先生收回铜板，打开皮夹，拿出100元港币，以示感谢服务员的帮助。

李先生拿回一枚铜板，却给了100元港币的小费。对这个故事，李先生自己的解释是：每一块钱都有用途，不应该随便浪费，他要捡回铜板，是要让每一块钱都发挥它应有的价值；而对别人的服务表示感谢，则是每一个人应有的礼貌，他给100元港币小费，是他对人的心意。这是两件事，他并不是为一枚铜板而付100元港币的。

第一次听到这个故事时，虽然也听到李先生的解释，但理解并不深刻，只感受到一个超级富人的大方，非常人所能及。直到后来李嘉诚先生并购我所创办的公司时，拍板前的一个插曲让我更深刻感受到其中的内涵。

李先生的团队仔细对我们的公司做完财务及法律查核后，提出了一个并购的价格。但这个价格与我们期待的金额落差甚大，而我们坚持要用我们的期待金额进行交易。李先生的团队不敢拍板，最后交给李先生决定。李先生听完后，说了一句话：“我们不只买公司，更买团队，对人的事，就别太计较了。”买卖就此成交。

我事后听了这一过程，再对照前面的故事，一切都豁然开朗，这不是富人的大方，而是一个人做人做事的态度问题。

“为人厚道，处世精明”，这是台湾企业家康和证券集团会长郑世华的家训。郑世华的父亲教育他，只要做到这8个字，事业就会成功。而这8个字也印证了李嘉诚为人处世的基本逻辑。

而李嘉诚先生的作为，正是这8个字的最佳写照。在并购过程中，他的团队早已从生意面进行精算，做出并购价格，这是处世与经商的精明。但李先生从为人的角度出发，能体会将要一起打拼的团队成员的心情，愿意放弃精明的计算，以换取人的认同与共识，这是“为人厚道”的最佳批注。

因为人心如水，水能载舟，亦能覆舟，太过精明地计算，可以得到短期的生意，却无法双赢。

人生是拼图，不是蓝图

苏　国

高雄餐旅大学每年有个“餐旅大师”讲座，2014年，学生们希望邀请奥美广告董事长白崇亮，于是我通过朋友邀请白崇亮，他也答应了。白崇亮问：“该说什么题目呢？”我说：“这个年纪的学子生长在‘悲惨世代’，希望能谈‘悲惨世代’年轻人的工作观。”白崇亮看到题目显然吓了一跳，他希望能改一改，最后定调为“少年PAI的奇幻工作之旅”。

白崇亮进入社会的第一份工作，是在一家化学公司担任总经理的特别助理，他说，前一任特助交接时告诉他，这份工作很无聊，就是跑腿儿、做会议记录、收发公文。一开始他也觉得这份工作乏善可陈，不适合他。

但后来转念一想，又没人禁止他看公文内容，于是他细细阅读每份公文，了解这家规模相当大的公司内部发生的大小事，还试着猜测董事长会怎么批这份公文，如果批示跟他设想的不同，便研究为何如此，于是看到了老板的角度，有他没考量到的关键点。

后来，白崇亮成为最了解公司的人，尽管他根本不是管理者，却学会如何从经营者的角度看公司，这段时间的历练让他眼界大开。

白崇亮说：“人生是拼图，不是蓝图。”不可能有一条预定的康庄大道等着你走，都是一路学、一路看，每次的体验都能帮助自己成长，但也不是每个选择都必须接受，可以看看自己手上拥有的，想象一下拼图的全貌，舍弃不需要留恋的，就能拼出一个自己想要的人生版图。

白崇亮学理工，后来却转念企管，最后成了奥美广告的董事长，他的生涯转了好几次大弯，因此他认为人生不是蓝图。谁能规划自己未来的样子？但我们可以通过一次次的经验，从中认识自己，知道自己要什么、不要什么，就算是一个自己不想要的经验，也可以从中挑选、抽取、学习到想要的经验。在任何职位都不必看轻自己，即使是个小助理，却学会以总经理的高度看公司，让他打开了人生的视野，对日后工作有莫大助益。重要的是发现自己、认识自己，从学习中学会更多的事情，找到自己的兴趣，自然会引导出一条全新的道路。随着历练增加、经验增加，所有过去累积的知识与所学都不会白费，都会成为未来的你的一部分，一段时间之后回头一看，恍然大悟，原来人生真是拼图，不是蓝图。

成吉思汗的管理学

李哲民

人们往往认为，铁木真是一个军事天才，就像毛主席所说“一代天骄，成吉思汗，只识弯弓射大雕”。殊不知，铁木真首先是一位杰出的改革家和管理学家，他的最大优势，不是指挥哪场战斗，而是在草原上推动一场制度改革，以此奠定了竞争优势。

在铁木真之前，草原上的各个部落，基本上处于奴隶制社会阶段，极少数贵族、少数平民和大量奴隶构成每个部落的人员结构，当贵族对外发动战争时，一旦胜利，战争基本上就会演变成一场抢劫。分配模式主要是两种：比较小的部落，就是各抢各的，谁抢着算谁的，人们往往会因为急于抢劫而放弃继续战斗；比较大的部落，所有的战利品，都要上交贵族首领，然后，贵族占有大部分，极少部分会分发给平民，奴隶一无所获，仅能糊口生存，人们的战斗热情不高，经常因为分赃不均，产生内讧。

铁木真改变了这种状况。他制定严格的分配比例，确保人人都能从战斗中获益。在这个分配方案中，最引人注目的，一是铁木真作为可汗，只分配战利品中的百分之十；二是奴隶的子女，也有财产继承权。

这样的分配模式，极大地释放出了潜在的生产力。由于实际战斗参与者的利益，甚至会超过可汗，一名优秀的战士，往往可以通过一场大的战斗，改变整个家族的命运，所以，大家从为铁木真而战，转变成为自己而战，打造出一支前无古人的举族而战、全民皆兵、主动请战的军队。

与此同时，他们面对的宋、金等敌人，实行军饷制，为“工资”而战的部队和为“命运”而战的虎狼之师，一旦交锋，无异于鸡蛋碰石头。此时，铁木真一无所有，只是凭借一个全新的游戏规则，征服了人心，其他部落的精锐纷纷投奔于他。

同时，铁木真做了一件影响非常深远的“管理变革”，接近于公司中的组织架构调整。草原各部落间存在不同的派系，什么白骨头、黑骨头、蒙古人、色目人等，铁木真建立起一套“千户”制度，大手一挥，把所有人混编在这套架构中，原有的派系就此取消。千户、百户、十户，上马是统一指挥的战斗单位，下马就是屯垦放牧的生产单位。通过对95个千户的分封，保证“一切蒙古人、自由人、战士、蒙古的庶民和家臣，全部拥有可以从事游牧的私有牲畜”。

这样的架构，配合上述分配制度，等于将生产资源一次性分配到底，按照基础单元“十户”独立核算，所以，铁木真的军队，全部是男子满15岁开始从军，而且自备马匹、武器、口粮。加上蒙古人特殊的饮食习惯，军队不需要所谓“兵马未动，粮草先行”的后勤系统，机动性、奔袭能力极强，所以，成为世界上第一支能打“闪电战”的军队。

当然，铁木真还算得上是一位管理信息系统的创新者。蒙古人早期没有文字，口头传令失误率极高，铁木真除了建立驿道系统外，还让人编写一系列的歌曲，不同的曲调，代表不同类型的命令，再把简单的歌词嵌入进去，由于曲调固定，人们很容易记忆和传播。今天，我们能够听到那些美妙的蒙古长调，还要好好谢谢铁木真建立的这个制度呢。

你永远不会
从成功人士嘴里听到的说法

刘少宇

为什么一些人要比其他人更加成功？为什么一些人很有成就感，而其他人却认为他们的职业生涯陷入困境？答案就是——他们使用的词汇。不过，就算这样，你的词汇其实严重依赖于你的心态和你看待生活的方式，无论从个人还是职业层面来说都是如此。

以下是你可能永远不会从成功人士那里听到的说法以及它的原因所在：

这不可能

“这是做不到的”不存在于他们的基因中。成功人士深知，任何问题总会有一个解决方案。有时候，你必须发挥创意，但是不存在“不可能”这回事。而且，当目标太过远大，难以实现的时候，他们会采取循序渐进的办法——他们知道，积跬步，最终将助你登上最高的山顶。

我不在乎

而另一方面，他们的基因中还有激情。你绝不会听到创新者说“我讨厌我的工作”或者“我不在乎”！如果你不具备这一关键要素——激情和远见——你将不可能克服挑战并冒险去突破极限、创新和发展你的事业。

停止提问

聪明的人都知道，这世上根本没有“愚蠢的问题”这回事。他们知道，只要好奇心停止，且我们不再提问，彻底的创新就将终结。一些最杰出的领袖，比如史蒂夫·乔布斯和詹姆斯·戴森，会鼓励他们的团队不停质疑他们做事的方式，并挑战传统观念。他们最喜欢的问题是“为什么？”“为什么不？”“如果……将会怎么样？”

为什么是我来做这件事情

在任何一家企业，尤其是在一家成长型企业，很多人必须身兼多职。此外，自愿发现缺口和接受艰巨工作的那些人通常是在内部最容易引起注意的人，他们的责任和团队会得到最大发展，最终将完成一些真正了不起的事务。“但这并非我的工作”不在他们的词汇当中。

我不认为我们应该改变我们的做事方式

有识之士总是挑战他们做事的方式。他们会找到完成任务和执行正确战略的更好、更快和更有效的方法。他们逼迫自己进入或许会令他们感到不适的区域，这样，他们可以继续成长，并帮助他们的团队处于行业的前沿。他们知道，变化是不可避免的，止步不前并不是通往不断成功的道路。

谢谢，不过，我并不想要任何反馈

为了真正实现成功，我们必须接受新经验、新思路和新观点。我们必须永远对反馈持开放态度：有关你如何执行、如何形成意愿以及如何领导的反馈。时常接受反馈的那些人不仅可以获得其团队和同事的尊重，还可以得到宝贵的机会，通过别人的眼睛来审视自己。人无完人，我们所有人都可以使用反馈来帮助我们成长。在一天的结束，你必须做回自己，你也许并不愿意去改变一些事情。不过，有时候，反馈和不同的观点可以帮助我们了解如何与他人交流，或者以积极的方式处理项目。

可是，如果我们失败怎么办

失败，和通常一样，仅仅是事情的一部分。詹姆斯·戴森在发明其著名的无袋吸尘器之前失败了5126次。托马斯·爱迪生在发明电灯泡之前失败了1万次。对于他们而言，失败只是通向一个惊人发现的过程中另一块坚实的垫脚石，是另一个有关不该做什么的必要标记。成功人士不惧怕失败。他们知道，他们的失败只是一个时间问题（每个人都会失败），不过，它却阻挡不了他们创新和尝试新鲜事物的脚步。

我更了解

这世上根本没有靠自己的力量成功这回事。每个成功人士的背后都有一个精干的团队。成功是一个团队运动。根据你的梦想创建一个强大的团队意味着你要承认，你不是无所不知的，你要去聘请可以填补你知识、经验和观点空白的人，并相信他们能帮助你取得非凡成功。

但这实在太困难了

在生活中最有成就的人从来不走捷径，这才是真正重要的。他们不乏激情、毅力和决心去开辟新的路径。率先开辟新的道路并非易事。而且有时候，你必须从别人的错误和成功之中吸取教训和经验，以帮助塑造你未来的道路。不过说到底，当构筑自己命运的关键时刻到来时，成功人士绝不会选择阻力较少的那条路。

是“稿费效应”成就了金庸和古龙

雪吹桃源

金庸和古龙是武侠界的两大宗师，同样写武侠小说的他们在写作风格上却大相径庭。总体上，金庸的小说端庄大气，跌宕缜密，是百万字的大长篇；而古龙的小说剑走偏锋，诡秘精巧，很少有大长篇。金庸的语言风格极为讲究实化，对人物的外貌、场景的介绍、武打的一招一式等描写都层层雕琢，细致入微；但古龙不同，往往采用的是意识流，破碎简化的语言，最为惯用以实化虚，制造诗意朦胧的语言效果。

每个作家的写作风格都由诸多的因素造成，而有趣的是，金庸和古龙的写作风格却和他们当时的稿费有着极大的关系。金庸当年创作小说，稿费是以字数计算，古龙的稿费却是以行数来计算。单单不一样的稿费标准就蝴蝶效应地影响了两位大师的创作习惯。因为稿费的计算标准，金庸更注重字数，于是可见他的小说大段大段铺陈，对任何描述都穷尽笔力，极少投机取巧，借用修辞节省笔墨，虽然全篇构思精妙，文采飞扬，但在叙述语言上却无不“规规矩矩”，多部著作的单章节都保持在两万字以上，全篇百万字的篇幅丝毫不稀奇；然而古龙的小说极为注重行数，从不肯大段地铺设，多以长短句搭配为主，对于描述喜欢简化、诗化，譬如惯用的开头模式“秋，木叶萧萧”“夜，冷月西斜”，几个字就概括时间和环境，拆行频率极高，至于篇幅，几个长篇字数加起来还没金庸一部书的字数多。

如此写着写着，金庸成了武侠大家，古龙成了武侠奇客。金庸不惜笔力，哪怕是一套“降龙十八掌”都要深入挖掘，带入《易经》的思想，处处写得有形有质，精彩纷呈；而古龙则玩转蒙太奇、白描、侧面描写、烘托、反衬等写作技法，如“小李飞刀”般的武学绝技描叙实则等同于精神意念的渲染，哪怕是两个人生死决斗都写得如诗如画，处处如有机锋。或许是因为金庸稿费按字算，所以他从不吝啬旁征博引，继而时常有“琴棋书画”等文化元素为他所用。

虽然这两位大师最初的写作动机或有稍微的“不纯”，不过这“稿费效应”对于他们的影响却都是意外而惊人的。金庸造就了武侠小说的空前盛世，古龙以独特的风格树立了武侠小说的不朽丰碑。至今还有无数人在谈论金庸的行文严正，古龙的行文奇巧，不知道，如果他们当年的稿费算法对调过来，会是什么样的结果？

猛人被大佬鄙视了，于是世界改变了

六神磊磊

1

在三国时期，孙策曾经被当时最大的大佬宣布为没戏。

故事发生在河南许都（今河南许昌），当时，那里正举办一场高峰论坛，论坛的场地并不奢华——就是个私家花园；餐食也很简单：“盘置青梅，一樽煮酒。”但那是一次真正意义上的高峰论坛，因为两名与会者的层次都很高：一个叫刘备，一个叫曹操。论坛的话题有点儿像《创业英雄汇》，两大导师点评天下创业者。会上，刘备抛出了一个著名问题：南方有个叫孙策的小伙子，你觉得他怎么样？

曹操微微一愣：孙策？那个头脑简单、刚愎自用的愣头青吗？

他抿了一口最爱的杜康牌煮酒，毫不犹豫地断言：“孙策借父之名，非英雄也。”

这个回答几乎是毁灭性的。要知道，曹操是什么身份？相当于现在商界里马云的角色。他对刘备宣布孙策不行，就好比马云对刘强东说：那年轻人没戏，走不远的，谁投给他钱谁是傻瓜。

他为什么看不上孙策？很大程度上是因为孙策和他不一样。相比曹操和刘备这两个老阴谋家，孙策“美姿颜，好笑语，性阔达”，比较简单、阳光、直接。他虽也有谋略，但更少诈术，不爱厚黑，没有曹操和刘备那么深沉的心机。

面对曹大佬的鄙薄，孙策的回应是：你爱看好不看好，我要追随我的心，做我擅长的事。

他做了大事：交朋友、打恶仗、拼地盘。他也做了许多温情的小事："军士奉令，不敢虏略，鸡犬菜茹，一无所犯。"江东的百姓过得比魏、蜀两国百姓还要幸福。后来的事，我们都知道了——曹操严重地看走眼了。

如果说曹、刘是浑不见底的湖泊，孙策则更像飞漾的激流。这个人物的意义不只是奠定江东基业，而且在那个乱世树立了一种新的标杆，向曹操证明了一件事——别搞得那么复杂，简单、直接，也能走得很远。

2

五百多年后，又有一个人遇到了相同的情况——被当时最大的大佬看衰了。

这个大佬的名字叫李隆基，和唐代的很多皇帝一样，他也标榜自己有文化，喜欢搞文学、听音乐，还时不时召开个文艺座谈会之类。

这一天，在他的公司总部——大明宫大厦，李隆基接见了一位从四川来的四十二岁的文学青年李白，打算请他给自己写诗、写歌词。

这位文学青年李白长得挺帅气，"轩轩然若霞举"。不过，由于在社会上混久了，李白表现得有一点儿粗豪，有点儿不知礼数，还有一点儿土。

那情景大概和孙悟空第一次见玉帝有些类似——"下界妖仙，初得人身，不知朝礼。"

作为主人，李隆基的表现很有绅士风度，既没有当面责难客人，甚至默许了自己的大管家给他脱靴。然而会见结束之后，李隆基撇了撇嘴，冷笑一声，说出了自己刻薄的评价："此人固穷相。"

短暂的交集之后，史上最伟大的临时工之一李白挥别了大明宫——既然我"固穷相"，既然你不需要我给你写马屁文，那么，我还是继续写我的诗吧。他付诸行动，用一句话形容就是"扎根人民群众，投身火热生活"，又认真地写了二十年好诗。

幸亏唐玄宗当初解雇了他，因为李白这后二十年的诗里，有伟大的《秋浦歌》《赠汪伦》《早发白帝城》……我们差一点儿就将永远看不到"白发三千丈""桃花潭水深千尺""朝辞白帝彩云间"了。

自我标榜爱文艺的皇帝茫然不觉地和最伟大的诗人擦肩而过，而没了皇帝做读者的李白反而用美好的文字影响了更多人。

有学者说，唐玄宗眼光真准：李白一辈子连个科长都没当上，可不是"固穷相"吗？

李白是穷，但不是穷相。他从未变成一个精神上潦倒的人，而是始终写着天真、烂漫、乐观的诗。他志刚如磐，从没放弃过那些高贵的理想，比如说从军报国，他首次投军就稀里糊涂地卷入皇族内斗，朝廷抓他去坐牢，把他虐了个半死。放出来没两年，他又投军报国。

李白向皇帝证明的是：我的成功不用你定义。我用行动影响、润泽了无数人。

3

第三个被大佬鄙视过的人是周伯通。你大概要跳起来反对：周老爷子什么时候被大佬看衰过？

当时江湖上毋庸置疑的最大的大佬——王重阳曾郑重地告诉他："你是不会成为绝顶高手的。""师哥当年说，我学武的天资聪明，又是乐此而不疲，但一来过于着迷，二来少了一副救世济人的胸怀，就算毕生勤修苦练，终究达不到绝顶之境。"

这一次，王重阳大佬可看走眼了。

数十年之后，五绝之首变成了“中顽童”，连东邪、南帝都自知武功“尚逊周伯通三分”。

周伯通没有救世济人的胸怀？好像是的，但那又怎样？他有同样珍贵的东西——一颗纯净的赤子之心。从这颗心出发，他做了许多很美好的事情。

在襄阳城打仗杀敌，中箭负伤的是他；积极开展山洞教学，培育出两代双手互搏高手郭靖和小龙女的是他，华山上笑泯恩仇，越众而出、祭奠老毒物欧阳锋的是他……这些事，不都是救世济人吗？

他还习惯于宽恕。他原谅了黄药师，原谅了裘千仞，原谅了欧阳锋，原谅了所有对他加诸侮辱、欺凌和暴力的人。

他的徒子徒孙——全真七道士布天罡北斗阵，总要念一首很酷的开场诗，结尾是：“出门一笑无拘碍，云在西湖月在天。”对于这句诗，七个念诗的家伙没一个能做到，周伯通却做到了。

想他在桃花岛上，被黄药师打断了腿、关了十五年，最后走出来时是什么情景？是切齿仇恨，发誓暴打黄药师一顿出气？放一把火将桃花岛烧掉？都没有。

他“一声长笑，站起身来，只见洞外晴空万里，白云在天，心中一片空明。黄药师对他十五年的折磨，登时成为鸡虫之争般的小事，再也无所萦怀”。

这不就是妥妥的“出门一笑无拘碍”吗？

在这颗赤子之心的引领下，他的武功达到了绝顶之境，成为金庸小说里最可爱、最至善至美的人物。最后连死要面子的黄药师也承认，自己不但武功逊他一筹，境界也逊他一筹。

他们被大佬鄙视了，于是世界改变了。所以，无论我们遭受多少质疑，只要坚持你认为正确的，坚持不懈地奋斗下去，你就能改变世界。

让《焦点访谈》活下来的秘密工作手册

敬一丹

《焦点访谈》，铁打的营盘流水的兵，能坚持20年留下来的，差不多都具有同一个特点：韧性。

挫折，也会磨炼韧性。审看间，就是一个考验电视人抗挫折能力的地方。有的人带着理想满怀豪情地来了，有的带着学校教的知识理念来了，有的带着以往的工作惯性来了，不管怎样，一切都要在审看间节目里见。各级审片人火眼金睛，一个疑点都不放过。

“停！”追问……“停！”解释……“这个镜头？”“这个说法的根据是什么？”

领导终于在那小小的播出单上签了字，记者编辑从那支笔上收回目光，脸上紧绷的肌肉立刻松弛下来，那就是自家孩子的出生证啊！

顺利通过的，笑着出来了，也有偷着乐的；没过的，沉着脸出来了，也有偷着哭的。如果连着被毙几个节目，自信心就会严重受挫，纯洁理想也打了折扣，真想拂袖而去，夸张地说，死的心都有了。

这时，看看工作手册吧。我们独一无二的工作手册上，这样写着：

感觉悲愤、无奈还是委屈？下面是推荐的处理程序：1.洗一个热水澡，然后决定活下去；2.想一想只有活着，理想才有实现的一天；3.忘记把素材卖出去的想法；4.假设自己是审片领导，然后试着像他那样考虑问题；5.总结经验确定下次的应对策略；6.给你的制片人打电话，问有什么选题可以马上做。

这办法不知帮了多少人，我也试过。没事啊，天没塌啊，人也就别抑郁别崩溃了，还有下次呢！

当初加盟《焦点访谈》时，我去找主管副台长沈纪在调转手续上签字。我兴高采烈，似乎马上就要实现新闻理想。沈纪是老新闻人，曾经被打成右派，经历过不同时代的风雨。我兴奋地说：“我要去《焦点访谈》，舆论监督太有吸引力了。”沈台看看我，签下了名字，儒雅地微笑着说：“不要太理想化啊！”

后来的日子，我久久品味着沈台这句话，也慢慢懂得了这句话。理想、理想化，这是两个词啊！保持理想，又不过于理想化，这是一种职业状态，这种状态，能让人走得远些。

Angelababy：别叫我“女神”，叫我“女财神”

临 风

2010年2月，娱乐圈“新四小花旦”出炉：杨颖（英文名Angelababy，以下简称Baby）荣登榜首，成为新一代的“女神”。然而，这位粉丝过千万的“女神”却笑称自己只想当个“女财神”。

原来，除了演戏，Baby还是圈内出了名的理财高手，她在拍戏之余在香港连开了数家星级咖啡馆、顶级购物社区，甚至兼职各大名媛的御用设计师。凭借美貌与财富，Baby在新一期的福布斯名人榜上大放光彩。

从小有颗理财心

1989年2月，有四分之一德国血统的Baby在上海出生。因为父母工作的原因，从小就在上海和香港之间来回奔波。6岁时，她被送回上海读小学，长期和外婆住在一起。

和所有普通的上海小囡一样，石库门、梧桐树和弄堂里的爆米花摊是她对上海最珍贵的记忆。贪吃的Baby经常把外婆给的零花钱用来买好吃的，一周的零花钱经常两三天就用完了。

为了教育Baby节约，外婆替她在银行里开了一个户头，让Baby把平时攒的零花钱和过年的压岁钱都存进去。没想到Baby竟然跟外婆说：她长大后一定要开一家银行，因为光请几个人坐着就可以收钱，这生意不错。童言无忌，惹得外婆哈哈大笑。

13岁时，Baby转学到香港圣母院书院。Baby的父母都是商人，在生活中也把自己的理财观潜移默化地传授给女儿。思想相当西化的父母还和Baby约法三章：零花钱必须实行“AA制”，父母定期给Baby零花钱，但平时买零食和文具不得再找爸爸妈妈去付款，要从自己的“小金库”里支出。

正因为每一笔零花钱都来之不易，所以Baby从初中开始就帮爸妈做家务赚零花钱，甚至帮同学带外卖赚“跑腿费”，以充实自己的“小金库”。

2004年，Baby就读的香港圣母院书院举办周年庆，有才艺天赋的Baby精心排练了舞蹈。在学校晚会上，她的表演一炮走红，成为校园里的风云人物。

这段舞蹈视频被同学发到了网上，碰巧被香港著名杂志社星探看到，邀请Baby去做少女模特儿。

一边学习一边打工，17岁的Baby以优异的成绩从香港圣母院书院毕业了。一向节俭的Baby并没有跟风，而是和自己的几个好姐妹亲手设计了毕业礼服，结果大受好评，还以“天才少女设计师”的标题登上了报纸。

受到鼓舞的Baby立刻有了一个打算：“干脆我就自己设计一些大家都买得起的服装，每个女孩都把自己打扮得漂亮，那该有多好。”

带着这种想法，2008年，Baby与几个好姐妹一起创立了一个潮牌，自己设计服装去卖。她设计的服装主打“公主风”，甜美可爱的风格和亲民的价格让Baby的服装在年轻人中拥有很高的人气，衣服刚上市就卖疯了，让第一次小试牛刀的Baby狠狠赚了一笔。

奇思妙想聚财缘

2010年，已经成为知名封面模特的Baby开始进军演艺圈，接拍了高群书导演的《一场风花雪月的事》，饰演女警“月月”，和当时已经颇有名气的黄晓明合作。

在拍一场警匪追车戏时，Baby拒绝用替身，亲自上阵做很多危险动作，让黄晓明这个“前辈”都对她刮目相看。

然而就在Baby爱情、事业稳步前进的时候，发生了一件意外。2012年3月，Baby在自己的社交网站上和粉丝们分享了一张自己拍松下广告时的照片，没想到无意中把松下未上市的一款相机提前曝光。事发后，松下不但解除了和Baby的合约，而且向Baby的经纪公司索赔上千万元的巨款。

面对入行以来最大的挫折，Baby并没有推卸责任，独自承担了这笔赔偿，甚至没有告诉自己的男友黄晓明。她默默拿出自己的积蓄，又向经纪公司借了一笔钱用来支付松下公司的巨额索赔，并向经纪公司承诺：两年以内一定把债务还清。

“节流还债，不如开源赚钱”，Baby深知欠下这笔巨款，光靠勒紧裤腰带是不够的，她决定开一家咖啡店赚钱还债。

第一次开店，Baby不敢有丝毫的懈怠，她跑遍了世界各地，只为选择一种最醇香的咖啡豆。

怀着一颗忐忑的心，Baby的咖啡馆开业了，没想到首日就高朋满座，Baby惊讶地发现自己的咖啡馆首月就盈利了！

咖啡馆的盈利给了Baby很大的自信，有着敏锐时尚嗅觉的Baby又开始把目光转向时尚小店。

2013年，她和三位好朋友于香港铜锣湾一幢旧楼开设占地四层楼的购物社区，取名“MORE”。社区里包罗万象，包括发型屋、美甲店、礼品店及时装店。Baby生意做得有声有色，到2013年咖啡馆已经开了三家连锁店，潮店每天顾客络绎不绝。

2013年年底，Baby在给所有员工派过“利市”之后，查看了店铺的财务报表，没想到一年下来，咖啡馆加上潮店的收入竟然上了八位数。原本是为了“还债”才投资开店，没想到失之东隅，收之桑榆，Baby误打误撞，非但早早还清了债务，而且成了娱乐圈内年纪最小的亿万小富婆。

“抠门女友”也浪漫

开店拍戏两不误，Baby把生意场上这种敢闯敢拼的劲头也带到了演艺事业上。2014年9月，Baby加盟综艺节目《奔跑吧兄弟》，赢得了极高的人气。

Baby曾经在微博上写下这样一段话：“我不想像丝萝一样靠着乔木而生，我也要做乔木，可以帮身边的乔木同抵风雨，一起看风雨过后的美丽彩虹，这是我一直努力的原因。”

有着这样的拼搏精神，到2014年Baby主演过的影片已经有7部票房过亿，好莱坞新片《代号47》也向她抛出了橄榄枝。面对巨额的财富，Baby始终保持着清醒的头脑。本着“挣十花二”的原则，Baby把自己大部分的积蓄都用于投资，平时花钱非常节约。

说起Baby的省钱趣事，黄晓明如数家珍：有一次香港一家男装名牌店大特价，Baby早上8点就守在店门口，全然不顾周围人异样的目光，店门一开她就冲进去血拼，给黄晓明抢到了三套衣服、两双鞋子。回家之后Baby向黄晓明炫耀自己的“战功”，还跟他算一算这样买特价一年能省下多少家用，黄晓明不得不承认自己女友在省钱方面真的“蛮拼的”，有这样的“抠门女友”，怕是哪个男人都会笑醒了。

虽然Baby很会省钱，但黄晓明发现Baby家里有个超级大的鞋柜，里面竟然放了上百双鞋子，但很多鞋子Baby一次都没穿过，原封不动地用布包好放在盒子里，和她平时节约的风格大相径庭。

Baby向他解释道：这些鞋子都是20世纪各大奢侈品牌出的古董鞋，收藏意义非常大，而且还有升值的空间，前不久一个美国时尚达人就从她手上高价买走了一双迪奥的古董鞋。

没想到“囤鞋”还能升值，Baby收藏古董鞋给了黄晓明很大的启发。在Baby的建议下，黄晓明开始收藏红酒。本来是抱着玩一玩的心态，没想到却玩出了商机，黄晓明花了约107万元买了一批红酒，囤了8个月后卖掉，收益不菲。

从此以后黄晓明但凡有投资方面的意向，必然会征求Baby这位投资高手的意见。

2015年年初，Baby凭借自身的努力和过人的理财成绩，高调入选福布斯名人榜。

为何诸葛亮是最忠贞经理人

刘黎平

三国的政治格局，其实也是家族的格局，曹、孙、刘的大格局下，又有其他姓氏的格局，诸如诸葛家族、陆氏家族、司马家族、贾氏家族等，其中诸葛家族在三个国家的管理层面上，都有相当的分量，为历史所罕见。

蜀汉的诸葛家族是具有绝对话语权的。当诸葛亮在蜀汉舞台上已经是实际的第一管理人时，司马家族在曹魏的管理地位还是不确定的，远不能与蜀汉的诸葛亮相比。

然而，这两个家族，或者这两个父子集团的发展趋势却完全不同。蜀汉诸葛家族的权威，随着诸葛亮的去世，戛然而止，权力部分回归后主刘禅，一部分归于姜维，一部分归于黄皓，还有一部分归于文官集团。诸葛亮的儿子诸葛瞻只不过是官僚集团的一员而已，掌管汉中军区之外的兵力，虽然地位高，但远不能与其父相比，走的是趋下的态势。

司马家族则不然，司马懿在死前就已经为家族的夺权做好了铺垫，其主要标志事件是铲除曹爽集团。司马懿死后，政权的接力棒一直掌握在司马父子手里，从司马懿到司马师、司马昭，再到司马昭的儿子司马炎，最终在司马炎手里完成政权的交替，建立晋朝。

其实，司马懿要从曹魏手里夺过控制权，变成高官的一家独大，甚至发展到别无分店，其难度远比诸葛亮大得多，因为北方家族势力，无论是单个儿的个头儿，还是数目的繁多，都是蜀汉无法相比的。

为什么两个家族的父子系统形成这么一个相反的走势？

首先，是父辈的管理品质不同。诸葛亮之所以后来成为士人的崇拜偶像，是和他个人的品质相关的。诸葛亮完全把自己当成单个儿的经理人，一个单纯的经理人，他对老板刘备怀着一种报恩心理，才担当起这个国家的重任。诸葛亮想到的是做大老板的事业，而不是做大自己的家族。因此，近千年以来，诸葛亮被视为最忠贞的经理人，诸葛亮没有刻意打造一个管理层面的诸葛大家族。而司马懿，一直在用心经营自己的家族，他要做的不是效力于曹魏集团，而是实现自己家族针对曹魏集团的替换。他为曹魏集团做的一切，其实是为自己家族而做。

经理人把东家当成效忠的对象，还是取代的对象，这就是诸葛亮父子与司马懿父子的区别。

其次，这两个家族的父子传承，也存在时间上的差异。从父亲诸葛亮走到儿辈诸葛瞻，其间并没有父与子的直接传承，诸葛亮去世时，诸葛瞻才8岁，下一代过于稚嫩，不利于家族势力的形成。诸葛瞻后来走上政治舞台，已不是诸葛集团权力的自然延伸。就这一点而言，曹魏集团也吃了这个亏。魏明帝曹叡去世时，其继承人不过14岁，曹魏政权在这个节骨眼上被削弱了。司马懿父子则不同，他们可谓父强子壮，司马懿高寿，一直熬到儿子已经足够成熟才去世，这样一来，一个家族的权力传承就顺利地完成了。

管理权交接的完成，不只是合法，更讲究合情合理，父子年龄悬殊的，尽管合法，但从成熟度而言，并不合理。所以说，成熟的父系管理层要传递给成熟的子辈管理层，这样的交接才能算真正地完成。

在蜀汉，因为刘禅的弱势，国民似乎希望出现一个政治上强势的诸葛家族，例如诸葛瞻在朝，一旦出现人们所拥护的政策决策，大家都传说是诸葛瞻的功劳："葛侯之所为也。"

从这一点而言，三国舞台上出现强势父子集团，其实也符合民间期许，因为在那个时代，一个国家由一个强势的家族掌管，似乎更有发展潜力和战斗力。

你能把生活扇的耳光变成蜜糖吗

肥　桃

偶然看了一集热播的《离婚律师》，但凡有吴秀波的戏份儿，特别好，好到不想看其他闲杂人等的口水过场。

吴秀波红了之后，他讨喜的角色都有这样的特点，淡定从容，言辞精练，有幽默感和温度，一定是靠谱儿的，一定是有安全感的。让女性观众完全没有抵抗力。而我想说的是，吴秀波本人应该与这样的角色类型相似，他所呈现的状态，也许说明了，这是一个被生活扇过耳光的人，他挺住了，挺得很好！

很多记者写过吴秀波的成名之路。早年在酒吧唱歌，赚得盆满钵满，颇有人缘儿，爱买单，点菜必将菜谱上一半的菜点足，江湖人称“吴半本”。之后又开过酒吧、餐馆，尝试过多种营生，一度穷愁潦倒。因《黎明之前》一夜爆红，成为男神。

他如此聪明而谨慎。前半生摊开来让记者写，各取所需，乐得交差。对于家人，却藏得非常紧，你只需要知道他不敢坐飞机是因为怕死，怕死了不能养活六口人就行了。他没有呼号“爱情宣言”，什么糟糠之妻陪我度过最低谷，不离不弃，什么我最爱的女人叫×××。他也没有传出绯闻和丑闻，但可以推想，他受到的诱惑一定很多，不管是定力非凡抵御了冲击，还是手段高明不为外人知，他做到了“我想给你们看的一面”。

前半生的江湖经验，那些在生活的血和泥中求生的经历，教给他的智慧是：稳住，稳住就能得到你想要的一切。

说到被生活扇耳光的问题，纵使含着金汤匙出生的人，也有种种不如意，比如，你爱的人，偏偏不爱你。林志玲有被劈腿的经历，李嘉欣为了养家辍学进入娱乐圈。在生活中小有成就的人，往往都是沉默的，不事张扬的。观察他们的人生轨迹，只不过是从泥和血中爬起来，洗干净，一步一步走上去。你甚至听不到他们一句抱怨，脸上也没有被摧残过的痕迹。提起过去，轻描淡写，一笔带过，才显得游刃有余。大肆话当年的人，格调不会高，品位更有限。再说，谁愿意坐在高高的谷堆旁边，听你讲那过去悲惨的事情？

所以，不必告诉你心仪的人，以前你曾走街串巷卖过餐巾纸，或者你被初恋如何践踏、抛弃又重新自立，打住，那画面真的很难让人以妩媚的情绪来想象。

但生活，它不仅给你耳光，也给你运气，这却比失败更考验人的心智和耐力。比如作为低级职员的某人，忽然得到老板青睐，晋职加薪，立即去买了豪车庆祝，车牌未上就因酒驾吊销执照。再比如娱乐圈爆红的小鲜肉明星，名头尚未拿稳，却去吸毒欢庆新生。这样的命运，真是贱不可言，一部豪车一点儿名气都无法承受。因此，假使被条件较好的人垂青，也千万不要在得知对方收入后，转身跟闺蜜炫耀：我的SLK（一款奔驰跑车）有望了！否则奢望一旦落空将何以遣余生？

当老天爷心情爽，赏赐你一点儿好东西时，请小心、郑重、感恩地收藏。像蚂蚁一样，一点点搬运累积美好。它们就是你的筹码，得到一定数值，你可以向生活换取更多的好东西。我们应该有这样的常识，你容貌美丽，事业有成，父母给力，不一定能换得人生圆满幸福，如相爱的伴侣，听话的儿女，以及健康。但是，如果以上条件你都没有，那么，得到幸福人生的可能性则更小，你必须加倍努力累积，并且谨小慎微。

最后回到吴秀波，我希望他能挺得更久一点儿，久到成为一个奇迹，一处光明的所在，请坚持呈现文章开头那些美好的状态，保持敏锐、审慎，保护家人，抵御诱惑。我们很需要一个真正的奇迹来证明，生活给你的耳光，终究都变成了蜜糖。

栽跟头要趁早

荷衣蕙带

若没有17岁那年乡试失意的经历，也就不会有董其昌后来的一举成名。因此他说，栽跟头要趁早啊，来得太晚的话，日后的成就也不会那么高！

隆庆五年（1571年），在松江府（今上海一带）的乡试中，一位年仅17岁的少年高中第二名。这本是一件高兴的事，但这位少年却并没有人们想象中那样兴高采烈，甚至在看到榜文的时候，眼中流露出的竟是不甘与惊诧。

个中原因，有点儿让人啼笑皆非——因为这次的解元，也就是乡试第一名，不是外人，而是他的堂侄。他和堂侄的年龄与受教育经历非常相似，三天的考试结束后，两个人不仅一起喝酒出游，还详细地聊各自答卷的内容。正是因为知根知底，所以他才这么不服气。他的文采远超堂侄，不知为什么居然名落其后。他非常气愤，在拜见主考官的时候，便忍不住委婉地进行了询问。主考官是当地郡守，也是进士出身，自然爱才惜才。对方见少年来询问，也不回避，先是大赞了少年的文章，称其当为第一，又娓娓道来，说因为他答卷的字写得太差，所以才被降为第二名。

需要说明的是，明清两代的科举考试中，对书法字体也有相应的规定。虽然明清两代要求的字体不同，但书法也占科举成绩的一部分。

得知原委后，17岁少年的表情只能用一个字来形容：囧。他尴尬且狼狈地带着满腹羞愧离开了郡守府。此后，他发愤临池，苦练书法，并潜心结交了一批书林妙手，常常与书法名士在一起切磋研习。

他的家境非常一般，平时只能穿着白布单袍，练字的纸也买得不多。由于练字成痴，他把纸写完之后，常常意犹未尽，就在衣服上接着写。时间长了，他的衣服、屏帷、床帐之上，都是淋漓的墨迹。

有付出，必定会有收获。万历十七年（1589年），34岁的董其昌终于一举成名，以二甲第一名的优异成绩考中进士，并且因为文章、书法俱佳而被选为庶吉士。

他的书法不仅得到了明朝皇室的认可，在清朝更是被推崇备至。康熙皇帝和乾隆皇帝都非常垂青董其昌的书法，清代的应试字体更是以他的字体为标准。康熙还曾为他的墨迹题过一段很长的跋语，说他的书法“天姿迥异……非诸家所能及也”，并爱屋及乌地对继承其衣钵的另一位书法家也青睐有加、礼遇厚待。

张爱玲曾说：“出名要趁早啊，来得太晚的话，快乐也不那么痛快。”但这话要是让董其昌说，应该是：“栽跟头要趁早啊，来得太晚的话，日后的成就也不会那么高！”挫折谁都会遇到，在哪里跌倒，就要在哪里爬起来。日后你的高度，就取决于你今日面对挫折的态度。

李嘉诚与曼德拉的长寿三模型

谭　昊

李嘉诚先生，88岁高龄，头脑清醒、逻辑清晰，与记者畅谈数小时而精神奕奕。

曼德拉先生，一生历尽艰难困苦，数十年在监狱里度过，依然活到了95岁高龄。

让我们把目光放得更宽泛些，再看看一些投资大师级的人物：

健在的投资大师：查理·芒格92岁，巴菲特86岁，约翰·内夫85岁。

已故的投资大师：邓普顿105岁，费雪97岁，是川银藏95岁，格雷厄姆82岁。

……

有点儿意思吧？为什么呢？

我也觉得有点儿意思，让我来试着总结总结，为什么大师们都长寿？

长寿第一模型：自律模型

88岁的李嘉诚，从早年创业至今， 直保持着两个习惯：一是睡觉之前，一定要看书，非专业书籍，他会抓重点看，如果跟公司的专业有关，就算再难看，他也会把它看完；二是晚饭之后，一定要看十几二十分钟的英文电视，不仅要看，还要跟着大声说，因为“怕落伍”。

这种勤奋和自律，非一般人能比。

关于工作习惯，最为著名的细节是李嘉诚的作息时间：不论几点睡觉，一定在清晨5点59分闹铃响后起床。随后，他听新闻，打一个半小时高尔夫，然后去办公室。

数十年来从未改变。

我们再看看曼德拉。

与曼德拉有深交的Richard Stengel描述了这样的细节——曼德拉严谨自律，注重穿着，酷爱整洁。他即使在宾馆下榻，早晨起床后也必亲自整床。以至于把闯进来的服务员吓了一跳。出狱后，他几乎每天不到5点起床，散步三四个小时。利用散步时间锻炼冥想。

其实在长寿这个领域，并没有太多玄奥。与世间万事一样，都是一分付出一分回报。付出自律，收获长寿。这是一个简单的自律模型。

长寿第二模型：平和模型

投读会曾与上次参与采访李嘉诚的记者朋友做私下交流，问她，对李嘉诚印象最深之处，她回答：平静，波澜不惊。

某种程度上，投资生涯是高度浓缩的人生，你的工作就是不停地分析、判断、决策，乃至认错。能够从这种浓缩的历练中活着走出来的人，大部分练就了平和的本领。

而曼德拉就更不用说了。

在出狱的时候，他和他的狱警深深拥抱。他的一生就是不断宽恕敌人的一生。曼德拉用他的经历告诉我们，宽恕的力量有多大。

其实你也可以这样理解——平和是一种情绪上的自律。

长寿第三模型：纯粹模型

投资大师，最重要的一个特质是需要独立思考。

很简单，投资领域成功的人注定是极少数，你跟随大众，长期来看就必然失败。

所以成功的首要特质是独立思考。

如果你把独立思考换个叫法，也可以叫作“一根筋”！

很多大师对某一领域研究得特别通透，但对其他领域一概不知。

比如在长达几十年的时间里，巴菲特的特长就是消费品和金融业。直到晚年才开始涉足铁路和科技。

此外，投资对人际交往的复杂程度要求没那么高。很多人活得比较纯粹。

因为纯粹，就能够减少很多自己内心内耗的成本，保持充盈的能量。而长寿就是一份奖赏。

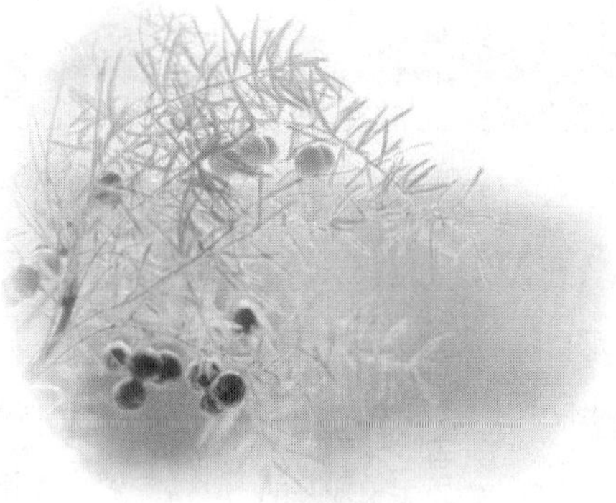

凭本事吃饭的沙特王子

吕保军

利雅得军事学院是沙特阿拉伯一座专供王室成员子弟学习军事的地方，以备他们日后步入政坛。这些天之骄子一个个雄心勃勃、踌躇满志，有着得天独厚的优越感。在两千多位王子中，有一位王子终日沉默寡言，却难掩目光里的桀骜不驯。貌不惊人的他，因独特而另类的身份经常遭到其他王子的讥讽与嘲笑，似乎与所有的王子都格格不入。

这位王子叫阿尔瓦利德，他的父亲因思想开放，当年执意背离王室传统，娶了黎巴嫩公主为妻，生下了他。小阿尔瓦利德跟随母亲长期寄居在黎巴嫩，疏于管教的他从小就学会了逃学，经常不回家，像个乞丐似的横卧街头，只要在大街上找到门没锁的汽车，就会钻进去睡在人家的后座上。后来，父亲发现他的生活太过叛逆，才将他带回利雅得，送他进了军校读书。但“街头流浪”的社会阅历和饱经嘲讽的成长历程让他明白，自己与那些在王宫中长大的王子不同。由于母亲是一位外籍女性，阿尔瓦利德将来在沙特王室立足的机会很少；血统的不纯正，更断送了他步入政坛的可能。阿尔瓦利德注定要自己打天下。所以在军校期间，他开始对商业产生浓厚的兴趣，每天坚持收听BBC（英国广播公司）的新闻，留心阅读时政杂志和报纸，潜心学习商业知识。

19岁那年，怀揣梦想的他远赴美国学习商业。3年后，阿尔瓦利德带着工商管理硕士学位回到沙特，成了纵览两个世界文化于一身的人。独闯美国的经历让他树立了自信，不仅做事雷厉风行且有条不紊，他那快节奏、组织性极强的生活方式，再加上由中东和西方世界塑造的双重性格特征，使他显得卓尔不群。

这时候，两伊战争的爆发引发了全球石油危机，飙升的油价让沙特的石油收入剧增，源源不断涌入的财富让王室成员一个个成了暴发户。王子们年纪轻轻便拥有了富可敌国的财富，开始一掷千金地挥霍度日，在灯红酒绿的娱乐场里消磨青春。而阿尔瓦利德敏锐的眼光早已发现了巨大的商机，开始迈出自己商业生涯的第一步。他利用自己的关系和手中不多的资本，首先做起了贸易代理和承包生意，仅几年时间，每年的利润就达到数千万美元，他的财富“滚雪球”式地增长。

二十年光阴弹指而过。如今的阿尔瓦利德已在许多著名国际大公司拥有了股份，他独具慧眼的投资行为让他赢得了“中东巴菲特”的美名。他所拥有的财富，完全来自精明的商业运作，与其王子身份毫不相干。颇具戏谑意味的是，当年曾嘲笑过他的某些王子，由于经营不善且挥霍过度，经常入不敷出，如今全仰仗阿尔瓦利德的接济才能过活。

当骄奢淫逸的王室贵族们，面对山珍海味、玉盘珍馐食不甘味，一边牢骚满腹一边醉生梦死的时候，阿尔瓦利德却在自己的豪华私人别墅里举办大型自助酒宴盛情款待客人。他赏心悦目的眼神逡巡在每一道丰盛的菜肴上，然后津津有味地逐一品尝。他意味深长地说：“这些都是我靠辛勤打拼挣来的劳动成果。我是凭自己的真本事吃饭的。我已经习惯每天只睡5个小时，以便抽出更多的时间查看遍布中东以及欧美各地的投资项目的运营情况，可以说，我是地球上工作最努力的人之一。只有凭自己的真本事，才能吃到世界上最美味的饭菜。”

盛大陈天桥空手套白狼

张　翔

2001年，一位年轻的老总迷上了一款韩国商家推荐过来的游戏，当他决定与这家韩国公司合作运营这款游戏时，他的想法遭到了后台投资公司的否决。他坚持自己的决定，撤回了在后台投资公司的股份，从此分道扬镳。

他的整个公司只剩下撤回的50万美元，仅仅够勉强签下这款游戏的运营合同，剩下的什么都没有。他将员工团结到了一起，准备迎接一场破釜沉舟的挑战。

游戏合同签下后，他需要很多台服务器，可他没有钱去购买这些设备。在这样寸步难行的困境里，他并没有退缩，而是拿着这一纸与韩国商家的“国际合同”，敲响了浪潮、戴尔等服务器厂商的大门。

当大家质疑这个空手而来的客户时，他拿出这份“国际合同”颇有气势地告诉他们：“我们是要运行韩国人的游戏，我申请试用机器两个月。”服务器厂商拿着合同一看，的确是国际正规合同，这位年纪轻轻的小伙子折服了他们，就同意了。凭着一纸国际合同的气势，他拿到了价值数百万元的服务器。但是，即便如此，他还是缺乏宽带的支持。于是，他又拿起了与浪潮、戴尔这些服务器厂家的合作协议来到了中国电信。

他对中国电信的工作人员说：“我要运行韩国人的游戏，浪潮、戴尔都给我提供服务器，我们需要很大的带宽运营游戏，请你们给我们提供测试期免费的宽带试用。”中国电信的人一看，浪潮、戴尔都与他签订了免费试用服务器的合同，断定这个年轻人的来头不小，有潜力可挖，于是也成全了他，给他提供了免费的宽带试用。

就这样，凭借两份合同带来的磅礴气势得到了完善的基础设备，于是他的游戏测试顺利运行，结果，游戏测试之后，受到了巨大的欢迎。近两个月之后，他的游戏开始收费。又过了仅仅一个月，他的投资就已完全收回了，他得到巨大的回报！

从2001年11月开始，到2003年10月，在不到两年的时间里，他的财富竟激增了几千倍，身家达到了40亿元。他甚至把原来与他合作的那家韩国游戏厂家给一举收购了。2004年，他荣登福布斯中国百富榜第三名，那时他年仅32岁。

这位年轻的富豪就是盛大公司的老总陈天桥。他的经历就如同他所运行的游戏名称一样，简直是一个“传奇”！这位传奇人物用自己的经历告诉我们——做任何一件大事情，你都可能面临巨大的困境，然而你只要有足够的自信，只要你懂得审时度势，并倚势服人，你就可能用最小的投入、最快的速度走出困境，收获成功！

使钱有术

大江东去

再好的交情，也离不开一个“礼”字做基石，不精于送礼，就难成大器。刘邦、刘备都精于此道，因此各成大业。

刘邦未发迹时，不事产业，专好结交，囊中羞涩，难免骗吃骗喝，一副无赖状。

为了避仇，吕后的老爸吕公携全家迁居沛县。何以来此？因为与沛县县令有交情。官场有朋友，遇事有奔头。沛县有头有脸的人物听说吕公是县令的好哥们儿，就联络着一起去庆贺。酒席由主吏萧何任知客，规定随份子不满千钱者只能坐在堂下。

亭长（相当于乡镇派出所所长）刘邦打算登堂入室，到门口就喊“贺钱万”，实则一文没掏，只是哄骗打白条。

随礼一万钱，听到这个数字，吕公大吃一惊，亲自出门迎接，对如此高端大气上档次的来客，理当表示恭敬。吕公善相术，一见刘邦状貌，目为奇人，敬为贵客，当然引领入堂而坐。所谓相术，应是第一面的基本判断，因刘邦的气场太强大。

萧何挺煞风景的，除了揭发刘邦打白条外，还当面揭人家老底：“刘季固多大言，少成事。”好说大话，成事不足，简直一无是处。

这事儿放在心眼儿稍小一点儿的人身上，怕是无地自容，刘邦不仅毫无窘态，反而高谈阔论，戏弄欺辱其他客人，对打小报告的萧何似乎也没记仇，这份心胸的确了不起。

酒宴之后，吕公留下刘邦，上赶着要把女儿许配给他。许女与无赖，吕媪怒责："公始常欲奇此女，与贵人，沛令善公，求之不与，何自妄许与刘季？"你说过要把女儿嫁与贵重人，县令跟你要好，当面求亲你不许，为啥这么随便许给刘邦呢？吕公的老婆因不解而生气。吕雉后来成为吕后，吕公确实善相人。

打白条也要随重礼，说明刘邦能够役使金钱，而不是被金钱役使。此后，送礼、赏赐、贿赂贯穿他的整个政治生涯，遭遇什么险情，都能以金玉、封侯等方式解决掉。被匈奴围困在白城那次，则以向单于夫人行贿的办法破解。

刘邦随礼、送礼都是大手笔，容易打动人。宋江也善于送礼，但属小恩小惠，境界不可同日而语。

在送礼上，刘备具有乃祖之风，深一脚浅一脚地卷入群雄逐鹿的旋涡，一无地盘，二无财富，靠什么来笼络人心呢？一是义，穷困而不失青云之志，就讲义气，桃园三结义，集团自此有了铁三角。二是情，三顾茅庐，诸葛亮出山。有情有义，算是比较完美了，但刘备一直心存歉意，对追随者仅给功名远远不够，必须附加富贵才算圆满。

《三国志·张飞传》记载："益州既平，赐诸葛亮、法正、飞及关羽各金五百斤，银千斤，钱五千万，锦千匹，其余颁赐各有差，以飞领巴西太守。"

刘备穷怕了，一朝占据天府之国，益州府库丰盈，欠兄弟们的人情，他都要加倍报答，这是刘备的长处。不像项羽那样只愿独享，即便财富如山，也不会与人分享。

曹丕胜在话少布局

梁阁亭

枭雄曹操一生至少有15个老婆，25个儿子。公元208年，53岁的曹操挥师南进，却在赤壁之战中被孙权和刘备的联军打败。锐气大伤、日益衰老的曹操开始考虑自己的“接班人”，来完成自己未竟的事业。重点考察对象是正室卞氏为自己所生的大儿子曹丕和三儿子曹植。曹植是名少年才子，他在很早的时候就会写文章，曹操读到他的文章以为是别人的代笔，曹植回答说：“言出为论，下笔成章，顾当面试，奈何倩人？”后来铜雀台建成，曹操令诸子登台作赋，曹植“援笔立成”。相比较而言，曹丕就要差一些。一开始，曹操的情感天平更倾向于才华横溢的曹植。但后来，一件小事让曹操打消了立曹植为接班人的念头。

有一次曹操出征，这是一个博取曹操好感、表现父子之情的绝佳机会。曹丕和曹植都到路边送行，曹植卖弄小聪明，抑扬顿挫地大声引经据典、歌功颂德、卖弄文采，大家听了都很欣赏，曹操也很舒服。这时只见曹丕“泣而拜”，一句话也不说，跪在地上只是哭，引得旁人也跟着落泪，曹操更为感动，这时觉得曹植的虚无歌颂显得很虚伪。结果可想而知，曹植落了个“皆以至辞多华，而诚心不及也”的下场，曹丕用最简单、最质朴而且成本最低的方法获得了关键加分并笑到了最后，让曹操感觉到曹丕是一个真正有分量的“潜力股”；因为过于表现，曹植的分量在父亲的内心天平上一下轻了不少，自己打败了自己。

作家苏芩说过这样一段话：“真正有分量的人，只讲有分量的话。一个敢于少讲话的人，必定是对自己话中传达的威力有信心的人。衣若素雅，能凸显你的脸庞；妆若素淡，能映衬出你的气质。着墨少一点儿，否则它会抢了要害之处的风头。人生需要留白。那些人生的留白，让你看起来更丰富。一个会布局的人，永远不会把人生塞得太满。”

妥协的意义

魏晓彦　张君燕

林则徐发现女婿刘齐衔终日沉迷于逗鸟、遛鸟，而荒于学业，很是失望。当初林则徐果断地将长女嫁入寒门，就是看中他聪敏好学，现竟如此玩物丧志。问缘由，女婿说：“您老不是教导我要学会妥协吗？艰难的学业让人生畏，我决定妥协了。”林则徐随意说道：“这只鸟还挺听话，愿意待在笼子里呀。”“前两天一直撞鸟笼，今才消停一会儿。”女婿接口道。林则徐信手打开鸟笼，鸟儿呼地飞走，女婿急得跺脚。林则徐说：“妥协的意义并不是让步了什么，而是坚持了什么。如果一味地让步，那叫放弃。这只鸟儿的消停只是暂时的妥协，因为在它心中有自己从未放弃的坚持。”刘齐衔羞红着脸低下头。之后发奋读书，终有大成。

林则徐“妥协”教育的精髓在于：妥协是一种韧性的坚持，与放弃无关，因其坚韧与倔强，反更显执着。前进的路上我们会遇到许多波折，只要目标明确、意志坚定，像那只被困的鸟一样，积蓄力量，渡过难关，终有直冲云霄的美好前景。一味地用强，头撞南墙迷不知返，结果一败涂地，伤痕累累。

怀特汽车公司的员工因要求加薪而举行罢工。当时的公司总裁罗伯特·布莱克没有采取动怒、责难、恐吓或发表霸道谈话的做法，而是在报刊上刊登了一则广告，称赞罢工者是“用和平的方法放下工具”。然后他买了许多棒球和手套让他们在空地上打棒球，又为喜欢保龄球的人租了一个保龄球场。布莱克富于人情味的举动，得到的当然是富有人情味的回报。那些罢工者自动找来扫把、铲子和推车，把工厂附近的纸屑、烟头、火柴等垃圾扫净。罢工终于在一星期内和解，没有产生任何不快或遗恨，公司的利益分毫无损。

白岩松说：“人生是一场谈判，很多人过得拧巴，就是单方面想赢。如果把对方当作你死我活的敌人，只能两败俱伤。存在利益之争的时候，没人可以用高压甚至毁灭对方的手段来获取全面胜利的，即使暂时取得了也会有反复。相反，妥协是以一种肯定对方、尊重对方的态度来解决问题，比强制或毁灭对方需要有更大的勇气和胸襟，它代表的是一种坦诚、一种包容。”

松下幸之助创立自己的公司后，对公司员工要求非常严格，有大的决策势必亲自参加。一次决策会上，松下对一位部门经理说：“我个人要做很多决定，并要批准他人的很多决定，实际上只有40%的决策是我真正赞同的。我们应当适当接受‘妥协’。”这位部门经理很惊讶，假使松下不同意，大可一口否决，完全没必要征求旁人的意见。松下说：“我不能对任何事都说不，对那些我认为过得去的计划，大可在实行过程中做指导，使结果重新回到我所预期的轨道上来。一个领导人应该适当接受他不喜欢的事，因为任何人都不喜欢被否定。我们公司是一个团队，并不仅仅是我一个人的公司，需要大家的群策群力，妥协有时候使公司强大、人际关系融洽。”一番话让这位部门经理动容不已。

其实，世界上任何事情都不可能完全按照一方的意愿就能解决好，务实的、通权达变的妥协是圆满结局不可缺少的因素。很多时候，我们都只为自己考虑，忽视他人的利益和感受，挡住别人路的同时，也把自己的路堵死，让原本可以圆满解决且双方受益的问题，激化成矛盾冲突。如果多一点儿谅解和妥协，与人方便，自己方便。必要的妥协不是失败，而是双赢。

当然，妥协不是无原则的让步，不是强压下的退缩，而是充满智慧的以退为进，也是获得胜利的艺术。妥协能够消除冲突，拒绝妥协，必然是对抗的前奏。我们领悟了妥协的艺术，学会了宽容，保持开放的心态，就能够在正确的道路上走得更远，更扎实。

第四章
成功之道，唯此而已

当你的才华还撑不起你的梦想时，请静下心来学习。

每一个优秀的人，都有一段沉默的时光。那一段时光，是付出了很多努力，忍受孤独和寂寞，不抱怨不诉苦，日后说起时，连自己都能被感动的日子。

——《每一个优秀的人，都有一段沉默的时光》

杂学成就左宗棠

徐志频

1832年到1843年，左宗棠21岁到32岁，他从湘阴到湘潭倒插门12年，除了居家过日子，他到底还做了些什么？

12年的寄居生活，左宗棠主要做了三件事：一是应湖南巡抚吴荣光的邀请，去醴陵县的渌江书院主持教学；二是埋头潜心研究科学种田方法，作《广区田图说》；三是继续研究舆地学，自己在家里绘制中国地图。

今天看这三件事，教书的事情，读书人多会做。但是，科学种田与自绘地图，就让人感到意外。

左宗棠研究种田时，不迷信古人，只相信实践。他认真又细心，细致到亲自计算每亩田的总穗数，怀疑前人“稀禾结大谷”的说法，施行密植。为此，他还与帮他做事的长工姜志美吵起来，逼着姜志美改掉老规矩，按自己的新办法来做。后来，他总结种田的经验，写了本《朴存阁农书》。

他自绘地图的方式也很特别：先制作一张皇舆图，纵横各为九尺。图上画成方格，假定每格纵横各为一百里，并用五种颜色来区分各地主产的农作物。根据这张总图，再来制作各省分图，各省又分为府县，都做了说明。古为重险地现为散地，从前的边陲现在变成腹地的疆域沿革，这些变化，他都逐一注明。由此，再上溯明、元、宋、唐各朝代，严谨而专业。

左宗棠夫妻俩花了整整一年时间，不分昼夜地努力，全新的“皇舆图”终于画成。

他画地图时，夫人就在边上端茶、摇扇、磨墨，他画好初稿，夫人就帮助他影绘、誊清。左宗棠后来给二哥左宗植写信，生动地再现当时场景：“日来已着手画稿，每一稿成，则弟妇（指周诒端）为影绘之。遇有未审，则共取架上书翻查之，十得八九，其助我殊不浅也。”

一个落榜举人，放着“四书”“五经”不读，八股不作，却研究种田，已违背传统做法。左宗棠研究农业与地理，当时看来，都是无用之学。他当时花费大量时间，耗费心血来研究这些东西，不但看不到前景，也找不到任何出路。

但是，有用与无用，会相互转化。

左宗棠后来在陕西、甘肃、新疆带兵打仗，所有的军粮都在当地解决，这些学问都是他年轻时闲居在农村种田摸索出来的。而他对中国新疆版图、地理情况了如指掌，又得益于他早年在家里自绘地图。他的地图一旦派上用场，连俄罗斯人也难以望其项背。这些需要数十年的积累，不是靠临阵磨枪、临时抱佛脚可以得来的。

无心插柳柳成荫。左宗棠这种非功利的读书方法，决定了他日后的成功。

左宗棠自己怎么看这种学问方法？1865年，身为闽浙总督的左宗棠在给大儿子的信中说：“古人经济学问，都在萧闲寂寞中练习出来。积之既久，一旦事权到手，随时举而措之，有一二桩大节目事办得妥当，便足名世。”

每个人的名字，都是攻心的咒语

罗　毅

在台湾有“饭店业教父”之称的亚都丽致饭店总裁严长寿曾说过，客户不是要排场，而是需要被关怀、重视，一个能够打动客户内心的关怀，远胜过上亿元的装潢。

因此，严总裁把饭店的柜台拿掉，改成几张桌椅，当客人进到饭店时，服务人员会先迎上前去握手，再请他坐下来办理手续，不再像从前的柜台又高又长的，好像告诉客户：“如果你需要服务就得过来找我，因为我被锁在这堵矮墙后面，没办法过去接你。”

为了能让客户更加感觉到宾至如归，严长寿还设计了一套接待客户的流程，当饭店代表去机场接客人，并送他们上车之后，就会马上打电话回饭店通报：“现在二号车要回饭店，坐左边的是陈先生，坐右边的是李小姐。”

然后饭店的服务生就会把名字背下来，当车子抵达饭店，服务生就会亲切地说：“欢迎光临，陈先生，李小姐！”

虽然这只是一个小小的细节，但客人在门口就被叫出名字，和进了饭店填完表格后，才被人“发现”自己的名字，两者的感觉是非常不一样的。

难怪，公关专家经常强调，从事服务业的人，只要能记住客户的名字，客户就会跟着你走。

因为，每个人的名字，都是我们攻心时的咒语。

根据时尚杂志界真人真事改编的卖座电影《穿PRADA（普拉达）的女魔头》中，恐怖、严厉又特会刁难人的女主管，在一场宴会上，事前就特别叮咛两位助理要随时帮她盯住所有人，并事先准备好一本特制的记事本，里面有着所有与会人士的照片与姓名，好让她能够一看到人就立刻叫出对方的名字。

当有任何人走向女主管时，两位助理便立刻上前在她耳边报上对方的姓名以及家庭背景和近况，好让女主管除了能叫出对方的姓名外，还能立即找到和对方聊天儿的话题，关心他家的小孩儿上学了、小狗住院了等问题。

这就是为什么搞死人不偿命的恐怖女主管，即使恶名远播，仍旧能够牢牢地占住她的不败地位。

举一个牢牢抓住客户的心的例子。有家银行服务客户的态度，就让人十分感动。当你走进一般银行时，通常是四处找寻抽号码机，抽完号码牌之后，就乖乖坐在椅子上，等待语音叫到你手上的号码。

然而这家银行却安排专人为客户服务，在你一进到银行里，就立刻上前打招呼："先生，早安，请问您今天要办理什么事务？"亲切的招呼，让人觉得像是认识多年的好友一样。

接着便帮你抽好号码牌，泡好茶端到你的面前，让上银行办事从一件麻烦事变成一种五星级饭店的享受。

商场上制胜的秘诀，正是让人觉得你是打内心里关心他们、记得他们，并且真诚地深入他们的生活。

少了这些品质“土豪”变“好土”

任天军

百度贴吧发布了网友票选出的“2013年度网络最流行十大热词”，其中，“土豪”以77.7%的投票率位居榜首，而那些热炒的土豪，也引起了许多人的羡慕嫉妒恨。在羡慕嫉妒恨的同时，人们不禁质疑，他们是怎么成为土豪的呢？其实，成为土豪还需要很多特别的品质。

强烈的进取意识

“QQ之父”马化腾励精图治，把QQ企鹅打造得无比热闹和熟悉，可除了继续做好这块阵地之外，他还着力打造微信阵地，在微信上开发出多款手机游戏，引领手游潮流，其开发的一些小游戏如《打飞机》《天天爱消除》等让网友扎堆玩得爱不释手……与此同时，他还与马云联手创建了众安保险，尝试全程网上卖保险。有QQ和微信数以亿计的用户做基础，前景一片光明。你有这样的进取意识吗？

敏锐的商业眼光

余额宝让马云吸引了众多网友的注意力，诞生当日便成绩斐然。而“双11”，一个民间非正式的光棍节，却被马云嗅出了商机，加以运作，在这一天里，众多网友通宵作战，在淘宝狂欢节里杀得“人仰马翻”，马云也因此一天拿下350亿元的销售业绩，成了最会赚钱的土豪。这样敏锐的商业眼光你具备吗？

跳出圈子的思想

褚时健曾是鼎鼎大名的红塔集团原董事长。名扬全中国的“烟草大王”。74岁时，他重出江湖，跨界在云南种植橙子，精耕细作培育出的“褚橙”一上市便成为橙界标杆。可更让人敬佩的是，这位老爷子虽然年迈但思维前卫，通过电商售卖橙子，利用科技做营销，85岁高龄坐拥亿万身家，被赞“卖的不是橙子，卖的是故事”。他这种“跳脱”的思想你有吗？

不同常人的胆色

王健林创办了中国目前最大的民营企业万达集团，是中国商业地产教父，可他更把商业的触角延伸至欧美。2013年，万达投资3.2亿英镑并购英国圣汐游艇公司，并斥资7亿英镑在伦敦核心区建设高级酒店；这一年，万达耗资500亿元打造的“东方好莱坞”——青岛东方影都也开始动工……他的大胆举动让世界重新认识了中国民营企业。这样的胆色你有几分？

不懈的战斗精神

“拒绝平庸，创业就要与众不同。”周鸿祎创立了奇虎360，他最喜欢以挑战者的姿态颠覆巨头。为人熟知的3Q大战，让他声名远播。面对从搜狐手中收购搜狗时腾讯的横刀夺爱，以及腾讯、百度、搜狗、金山、小米五大公司的联合围剿，他和他的360一直坚持战斗，不断研发创新，不仅成功躲开了对手的追杀，还让奇虎360成功逆袭，在PC（个人计算机）搜索的市场份额突破20%，成为国内排名第二的搜索引擎，股价比年初翻了两番，股票市值首次突破100亿美元，成为仅次于百度、阿里巴巴、腾讯的中国第四大互联网公司。面对困境，你有这样的战斗精神吗？

“土豪”除了金钱，考验的更是自身的素质以及对企业的商业化运作能力。成为土豪，靠的是思维、头脑，是人的品质。想成为土豪，要从内在提升自己，否则即使你有钱，也成不了土豪。

曾国藩的眼力

何诚斌

曾国藩带湘军围剿太平天国之时，清政府对其是一种极为复杂的态度：不用这个人吧，太平天国声势浩大，无人能敌；用吧，一则是汉人手握重兵，二则曾国藩的湘军是曾一手建立的子弟兵，又怕对清政府形成威胁。在这种指导思想下，对曾国藩的任用上经常是用你办事，不给高位实权。苦恼的曾国藩急需朝中重臣为自己撑腰说话，以消除清政府的疑虑。

忽一日，曾国藩在军中得到肃顺的密函，得知这位精明干练的顾命大臣在西太后面前荐自己出任两江总督。曾国藩大喜过望，咸丰帝刚去世，太子年幼，顾命大臣虽说有数人之多，但实际上是肃顺独揽权柄，有他为自己说话，再好不过了。

曾国藩提笔想给肃顺写封信表示感谢。但写了几句，他就停下了。他知道肃顺为人刚愎自用，很有些目空一切的味道，用今天的话来说，就是有才气也有脾气。他又想起西太后，这个女人现在虽没有什么动静，但绝非常人，以曾国藩多年的阅人经验来看，西太后心志极高，且权力欲强，又极富心机。肃顺这种专权的做法能持续多久呢？西太后会同肃顺合得来吗？

思前想后，曾国藩没有写这封信。

后来，肃顺被西太后抄家问斩。在众多官员讨好肃顺的信件中，独无曾国藩的只言片语。

曾国藩打败太平天国之后，在每件事情的处理上称得上小心翼翼，留有余地，可见，其眼力的敏锐，在官途上才得以保全而青云直上。这便是他的过人之处了吧。

胡雪岩："烧冷灶"名利双收

段奇清

胡雪岩别出心裁地"烧冷灶"，甚或将竞争对手变成朋友。光绪年间，在左宗棠的鼓励和支持下，胡雪岩欲做丝绸生意。但这种生意并非冷门，因为那时庞云缯在浙江的丝绸生意已成气候。尽管他的背后有左宗棠撑腰，可胡雪岩并没有贸然行动，而是提出与庞云缯合作。对方刚好缺少资金，这样的事正求之不得。

胡雪岩发现对方也正好有"冷灶"，那就是庞云缯想做药业生意，却缺乏经验与资金，胡雪岩在药业上可是有一套，他全力支持庞云缯，在南浔为庞氏开设了庞滋德药店，与自己设在杭州的胡庆余堂互相合作，硬是将庞云缯的这样一处"冷灶"烧成了"热灶"，从此两个人成了好朋友，"打得火热"起来。

胡雪岩甚至用"烧冷灶"的法子，和那些不怀好意的竞争对手化干戈为玉帛。有一年，胡雪岩从浙江到福州开了一个钱庄，这就不容于福州的钱庄大户卢俊辉，此人仗着自己是福州的商会会长，对胡雪岩百般打击和排挤，以致胡雪岩的阜康钱庄门可罗雀。

一天，胡雪岩在茶馆里喝茶，无意中听到旁边一张桌子上的几位客人正在侃大山。看来有一位是卢俊辉元昌盛钱庄的伙计，他夸耀自己的报酬不错，因为他的生意特别好，每一笔贷出的钱都能收到丰厚的利息。

伙计并不认识胡雪岩，胡雪岩便不动声色，只是很随意地问了一句："那你们有多少银子用来放贷呢？"那伙计眉飞色舞地说："因为元昌盛信誉好，虽说只有50万两现银，却可以做200万两银子的生意。"

胡雪岩很快意识到这种"以少拨多"的方法虽降低了经营成本，但也增大了风险。于是他让助手将20万两银子存到元昌盛，助手不解："他疯狂打压我们阜康，你何以还去帮助他？"胡雪岩说："生意场上最忌讳针尖儿对麦芒儿，你就按我的话去做吧！"

几天后，胡雪岩对助手说："你可以去把那20万两银子取出来。如果元昌盛遇到难处了，就回来告诉我。"果然，助手没兑到银子很快就回来了。

原来，那天在茶馆喝茶时，当元昌盛那个伙计说得唾沫四溅时，另一张桌子上的一个人却恨恨地小声说："你不要替你们主人在这里神气，我定要他难堪！"头脑精明的胡雪岩敏感地意识到有人要拆元昌盛的台了。

那人叫王昌济，也正饱受卢俊辉挤压，他先是在元昌盛存了20万两银子，然后在这一天取出来了，并且在街头散布元昌盛已没有现银可兑了，挤兑现象立马就会发生，现银与放贷形成的巨大差额势必让元昌盛发生信用危机。

助手说，元昌盛向他讲好话，希望他这20万两银子缓几天取。听完助手的报告后，胡雪岩立即去了元昌盛一趟，约见了卢俊辉，最后胡雪岩不仅没兑取那20万两银子，且又追存了10万两，使得元昌盛躲过了这一劫，卢俊辉对胡雪岩感激涕零。从此，两大钱庄相互支持，书写了一段同行不是冤家对头却是朋友的佳话。

"烧冷灶"既是一种能洞察未来的人生智慧，也是一种设身处地为别人着想的豁达情怀，在成全了别人时往往也成就了自己。

孙权的备胎智慧

赵　炎

人这一辈子，均难逃被备胎的命运——孙权都称帝了，还是有很多人把他当备胎。

辛弃疾有词曰："天下英雄谁敌手？曹刘。生子当如孙仲谋。"而曹操根本不让孙权参与"调胎"。原因很清楚，在曹操的心目中，孙权被备胎了。实际上，在《三国演义》中，除了曹操外，把孙权当备胎的，还大有人在。

诸葛亮在《隆中对》里说道："孙权据有江东，已历三世，国险而民附，贤能为之用，此可以为援而不可图也。"可以为"援"的，不是备胎又是什么？真佩服诸葛亮那么年轻就认识到孙权的备胎价值。

鲁肃也算一个。周瑜去请他之前，曾对孙权说："其（鲁肃）友刘子扬欲约彼往巢湖投郑宝，肃尚踌躇未往。今主公可速召之。"待周瑜登门，鲁肃的说法变成了"近刘子扬约某往巢湖，某将就之"。周瑜稍一劝说，鲁肃随即又"从其言，遂同周瑜来见孙权"。这种故作矜持、半推半就的做派，分明是早把孙权当备胎了。

孙权曾被许多人备胎，他也是心甘情愿的，表现出了很好的修养。他深谋远虑，做了许多事，"乘北方多务，剿除黄祖，进伐刘表"，使得东吴最终一战定乾坤，完成了“竟长江所极而据守之，然后建号帝王，以图天下”的战略。

被备胎，是命运；有备胎，却是智慧。孙权是一个有智慧的人。

在《十七史商榷》里，清代史学家王鸣盛这么形容孙权：“称臣事魏已久，及黄武元年春，大破蜀，刘备奔走，势愈强盛，则魏欲与盟而不受。九月魏兵来征，又卑辞上书，求自改悔，乞寄命交州，乃随，又改年临江拒守，彼此互有杀伤，不分胜负。十二月又通聘于蜀，乃既和于蜀，又不绝于魏，且业已改元，而仍称吴王。五年，令曰：‘北虏缩窜，方外无事。’，乃益务农亩，称帝之举，直隐忍以至魏明帝太和三年，而后发，反覆倾危，惟利是视，用柔胜刚，阴谋狡猾。陈寿评以勾践比权，诚非虚语。”

一觉醒来，天下人都成了孙权的备胎，随用随取，随用随弃。

赤壁之战前，孙权从周瑜荐，接纳了鲁肃，遂有了用鲁肃替代周瑜的意思。经过彻夜长谈，他更倾向于鲁肃所主张的“缓图”，而周瑜恰恰就是一位不惜壮士断腕的急图分子，得有备胎才安全。曹操带兵几十万，破荆州，下江陵，所向披靡，势如破竹。他派鲁肃去联合刘备，“共治曹操”。在周瑜当夜请战时，孙权说：“已选三万人，船、粮、战具俱办。”原来他早有准备，选了三万个备胎在那放着呢！

孙权在举贤任能方面非常具有备胎智慧。他不像孙策那样好逞个人英雄，且长期倚重张昭和周瑜；他会根据局势的变化及时换人“调胎”，如周瑜、鲁肃、吕蒙和陆逊之间的互相替补，都发挥了不错的时效性。

赤壁之战后，曹操约孙权夹攻关羽以夺荆州，孙权采纳诸葛瑾的建议，派人去荆州说媒，欲聘关羽的女儿做儿媳。孙权的考虑是：“若云长肯许，即与云长计议共破曹操；若云长不肯，然后助曹取荆州。”关二爷非常荣幸地被孙权备胎。

诸葛亮也被孙权当作备胎。他拼了老命，多次出祁山与曹魏打得天昏地暗，而孙权拥有几十万大军却坐观诸葛成败，连近在咫尺的淮南也没有认真组织过几次进攻。司马懿对这一点看得很清楚，因此他对魏明帝说不需防吴，只需防蜀。

孙权的备胎与被备胎，就好比我们今天去喝咖啡，或是被人请，或是请别人，均无法改变咖啡本来的苦味儿，想要味觉上甜一点儿，得自己动手加些方糖。这就有了主动经营的意思，而最好的经营是经营自己。有备胎，是经营自己的短处，有备才无患，从而实现自己的增值；被备胎，是经营自己的长处。没有不合格的备胎，只有不合格的思想。人在旅途，犹如车行路上，不能学曹操的心黑和刘备的脸厚，但可学孙权的备胎智慧。

“饥饿”的扎克伯格

陆　离

2014年10月22日，清华大学经济管理学院舜德楼。当Facebook创始人马克·扎克伯格用中文说出“大家好”的时候，台下的师生对这个外国友人来中国常常会表演的桥段报以礼貌的掌声。可是接下来的事情却让在场的人都惊呆了：半个多小时里，扎克伯格居然一直在用中文和大家交流。虽然他的发音还有些“糟糕”，但是丰富的词汇量证明他已经熟练地掌握了中文。他学习中文的目的是想和妻子不会说英语的奶奶交流，顺便挑战一下自己。据扎克伯格说，他的中文水准只是在听力上略逊于妻子，当年正是他自己用中文向妻子的奶奶报告了他们要结婚的消息。“当时，我每天都会空出一个小时来学习中文。那真是一段令人难忘的经历。我一直都觉得学习新语言是一件很有挑战性的事情，所以，我希望用一门难学的语言挑战自己。学习中文虽然常常让我有挫败感，但是我从中收获颇丰。语言和其他问题不同，除了反复练习之外别无良方。学习中文还促使我访问中国，亲身体验中国的文化和历史，并得以结识很多有趣的新朋友。”在回忆自己学习中文的过程时，扎克伯格表示自己从中受益良多。

其实即便学中文这样高难度的事情，对扎克伯格来说也不过是自己个人年度挑战中的一项而已。从2009年开始，扎克伯格为自己制订了每年一项的全新挑战计划：2009年是让一向只穿T恤的自己每天打领带，2010年是学中文，2011年是只吃自己用人道手法杀死的动物，2012年是坚持每天写代码，2013年是每天见一个从未见过的人，2014年是每天至少写一封经过慎重思考的感谢信。这些挑战有的难度巨大，有的看起来有点儿无厘头，但这是扎克伯格对生活保持饥饿感的方式。“最近几年，我每年都会为自己设立一个‘个人挑战’的目标，无论是为了了解世界、拓展个人兴趣，还是加强自律。我的大多数时间都花在Facebook的建设上，如果不专门抽出时间是肯定不会去做这些事情的。”在接受媒体采访时，扎克伯格解释他设立对自己的年度挑战，正是不让工作抑制住自己的饥饿感。要知道对自己喜欢的东西保持饥饿感和渴望，才是这个看上去像一个书呆子的人成功的关键，同时更是让他成为硅谷“生活得最有趣的人”的关键。生活得有趣又充满挑战，这在扎克伯格看来比他拥有多少财产更重要。早在上高中的时候，看上去呆呆的扎克伯格就在学习编程的空闲，自学了古希腊、古罗马文学，他还是学校击剑协会的会长。

正是因为扎克伯格有着强烈的挑战自我的饥饿感，让他拥有了改变自己人生的最重要的潜质。即使当年时运没能成就他的Facebook，拥有强烈的挑战自我的饥饿感的扎克伯格也会拥有一个绝不平凡的人生。因为他能通过对自己的不断挑战来找到那个更好的自己，而那些所谓的成功与成就，不过是挑战自己的额外收获而已。

日本首富的忍术

徐静波

日本两位轮流坐庄的首富——卖休闲服的“优衣库”创始人柳井正和软银集团的孙正义。

他们是打高尔夫球的密友，但是你永远也无法拍到两个人在一起打球或喝酒的照片。

把自己的私生活裹得严严实实的两位，是媒体最难采访到的企业家。他们并不是架子大，而是做人做事始终保持着“如履薄冰”的谨慎。

我给柳井正社长翻译过他的三本著作，因此也多有交往。

近30年前，从早稻田大学毕业的柳井正社长从他的父亲手里接过一家小小的洋服店，开始独创休闲服品牌“优衣库”，磕磕绊绊几十年，不仅使得“优衣库”成为世界三大休闲服品牌之一，而且其本人也靠卖衣服而数度成为日本首富。

他把自己的创业与成长的经历写成了一本书，叫《一胜九败》，内容不是自己的天才智慧和辉煌的业绩，而是十次挑战九次失败的“寒碜事”。

《一胜九败》简直就是自揭伤疤的可悲物语，却成了许多海内外企业家想认真细读的一本教科书，因为它真，因为它实。不是张扬自己，而是传递创业的教训。

在一个信息泛滥的时代，我们其实很少能在媒体和网络上发现柳井正和孙正义的影子。

不仅是他们，日本几乎所有大公司的老总们，都把自己遮掩得如同忍者一样——被人看到的只是单一的色彩。

为什么日本的企业家不愿意抛头露面？

日本的企业几乎都是私人创建的民营企业，老板的一举一动，直接影响着企业的声誉。

在日本这样一个重声誉的国家里，老板的任何一个污点或做错的一件事，都可能导致客户的远离和业绩的下滑。

因此，“做事先做人”是日本社会的一大行为准则和道德要求。

也就是说，一家企业的声誉与老板的声誉，在某种程度上是画等号的。

如果企业家把自己当成一位艺人，到处表演或展示自己的私生活，那么，总有一部分人会成为你的“粉”，也总有一部分人会成为你的“敌”。

对于企业来说，也许因为老板的个人表演让消费者生厌，或者产生嫉妒，那么，这部分消费者就会离去，甚至成为这家企业的攻击者。

因此，老板成为艺人，虽然在某种程度上可以提升企业的知名度，但是对于企业来说，大大增加了经营风险度。

“言多必失”是日本任何一家大公司老总铭记的教义。

也正因如此，你要叫日本的企业家们对当前的政治或社会问题发表看法，那实在是很难。哪怕其本人十分讨厌安倍首相，也绝对不会说出“安倍经济学注定要失败”的话来，因为你不是学者和评论家，你没有立场说三道四。

所以，日本成功的企业家，总是给人留下许多谜。

你看到的只是他兢兢业业经营企业的一面，你很难看到他的私生活，看到他的政治立场和观点。

他不会让你知道他有私人飞机，不会让你知道他除了那辆黑色的丰田车之外，还有什么豪车。

他总是把可能影响其本人和企业声誉的风险降到最低，留下一个中规中矩、卑微谦恭的形象，让你安心得一塌糊涂。

王阳明的呆气

岑燮钧

大抵圣贤，免不了会有一股呆气。

自古以来，我们并不缺乏圣贤，立德立功立言，代不乏人。明朝的王阳明就被人称为“真三不朽”，其故里余姚瑞云楼里还挂着这样的匾额。

王阳明有个好爸，叫王华。王华是状元。因为学问好，王华被大户人家请去做家庭教师。一天夜晚，忽然有一位美女敲门来访。王华正要走避，那美女却道自己是主人的小妾，因主人年老无后，特来借种，还拿出扇子让他看主人的题词：欲借人间种。王华也不答话，拿起笔来在后面添了五个字：恐惊天上神。这就呆了吧。所谓“有其父必有其子”，这样呆气的爹，你让王阳明如何高喊“我爸是王华”呢？

老实说，王阳明的禀赋里本来还有一点儿邪乎的东西。他可比他老爹复杂多了。他幼年丧母，父亲的小妾待他不好，他就借巫婆整治她。一天，他在街上看见有人卖不祥之鸟——枭，就买下枭，到一个巫婆那里，给了好处。然后返回家中，潜入庶母房中，把枭藏入被褥中。庶母回房休息，枭冲天而起，庶母大惊失色。本来，野鸟入室，就不是什么好事，何况又是不祥的恶鸟。这时，大家听到响动跑进来，王阳明就建议问问巫婆这是什么征兆。巫婆一进门，就说庶母气色不好，当有大灾临头。庶母就告之恶枭入室之事，巫婆就装作大夫人附体说她虐待自己的儿子，如不悔过，要来取她性命。庶母信以为真，从此不敢再对王阳明无礼。固然，庶母有错在先，但王阳明这样整治父亲的小妾，多少也有点儿不厚道吧。

所以，像王阳明这样的人，若是生在一个官油子家庭，即使不耀武扬威，起码也“阴”得很。可是，因为老爹是老实人，带在身边，反倒像他老爹一样，多了一股呆气。十七岁那年，他奉父命娶妻，结婚那天，却找不见人，原来他走到一处道观，与一老道论道，谈得兴起，就跟着老道学道。两个人闭目对坐，第二天被人找到时，姿势还丝毫未变。二十八岁金榜题名后，出巡江北，审了一些冤案，做了一些实事。三十岁时，公事之暇顺道游历九华山，听说山巅有一老道，不食人间烟火，就去拜访。回京后，不屑文会小咏，托病辞官，在家乡四明山的阳明洞筑室隐居。他没有只把读书当求取功名的敲门砖，而把精神世界的事忘得一干二净。精神固然不是万能的，但没有精神万万不能，王阳明是有这点儿呆气的。多年来，他从没有放弃自己的目标：成为圣贤。这目标，如果放在今天，怕是要被人笑掉大牙的。

其实，王阳明身上，始终存在着呆气和油气这两种相生相克的气质。因为呆直，所以他敢于指斥刘瑾为权奸，以至于被廷杖四十，贬为龙场驿丞。但他又不是一个不知权变的人，他也很油，知道刘瑾不会放过自己，肯定会半路杀来，过钱塘江时，就使了一个金蝉脱壳之计，把自己的帽子和鞋子留在江边，还煞有介事留下一封遗书，表示已投江自尽。可是，躲得了一时，却躲不了一世。作为替补圣贤，王阳明也面临着哈姆雷特般的选择。最终，他选择了流放，呆气战胜了潜伏在体内的油气。

没有呆气，就没有圣贤。说到底，识时务者为俊杰，是一种油滑的市侩哲学。王阳明后来遭遇宁王反叛。在敌众我寡、形势逼人的情形之下，依然知难而进，一举剿灭叛军，正是这种呆气的最好体现。若是换作聪明人，真不知有几人俯首几人称臣呢。

当今之世，缺的不就是这么一股呆气吗?

“自黑”：成功者的名片

戴晓雪

“自黑”大概是幽默的最高境界。成功的演讲者常常巧妙地拿自己“开涮”，借此拉近与听众的距离，调动现场气氛，为自己博得“满堂彩”。

美国第16届总统林肯的长相谁都不敢恭维，他本人也从不避讳。一次竞选时，对手道格拉斯与林肯辩论，指责他说一套做一套，是个地地道道的两面派。林肯回答说：“道格拉斯说我有两张脸，大家说说看，如果我有另一张脸的话，我能带着这张脸来见大家吗？”他的话逗得满堂爆笑，连道格拉斯也笑了。林肯嘲弄自己的短板，再引申发挥，这种尖锐而不刻薄的反击，显示出说话者的气度和智慧。

马云是中国当代最擅长拿自己的长相“说事儿”的企业家。2006年在首届中国“创业者论坛”上，马云自嘲说：“首先，说我‘瘦马’的有，说我‘骏马’的很少，说我‘俊’，说明你的眼光真的很不一样。”

马云在演讲时更喜欢频频抖料：“我考高中失败两次，考大学复读了3年，参加过30多次面试，被拒绝了30多次。去肯德基应聘，24个人收下了23个，我是唯一一个被拒绝的。我去考警察，5个人招4个，我又是唯一一个被拒绝的。后来我向哈佛大学递交过10次入学申请，每次都毫无例外地被拒绝。”马云以“习惯了被拒绝”劝导年轻人。难怪听众点评说：有人天生丽质，马哥是天生励志。

俞敏洪和马云的经历实在太相似了。当年他们都是“倒霉蛋”：高考两度落榜，第三年才考上，后来一位上了杭师大，一位上了北大，专业都是英语，大学毕业后都留校当了老师，后来又都“下海”了。俞敏洪也是自黑高手：“马云第一次高考时数学才1分，我比他好，我考了14分。”俞敏洪拉上同伴，再集中“火力”向自己开炮，发挥了搞笑本色，为大家所喜爱。

网络曾热传奥巴马在美国白宫记者协会晚宴上的表现。该协会已经成立90多年，一年一度的晚宴其声势不亚于奥斯卡颁奖典礼。很多善于讲段子的总统都在历届晚宴上给观众留下了深刻印象。有一年的晚宴上，他拿自己过往一年所面对的挫折和华盛顿官场斗争当笑料。“奥巴马医保”网站推出后问题不少，并曾经瘫痪，奥巴马以此“抖包袱”。他说：“2008年我的选举口号是‘Yes, we can’（是的，我们行）;2013年，口号变成了‘Ctrl+Alt+Delete’（重启计算机的指令）。”他又提到了迪士尼的动画电影《Frozen（冰雪奇缘）》（Frozen，意为“冻结”），笑指电影名字的灵感是来自频频宕机的医保网站。

在风靡全球的TED（网易公开课）演讲视频当中，我们看到很多演讲者身怀自黑绝技。2010年2月，美国的女神经解剖学家吉尔·泰勒博士做了一场激励人心的18分钟演讲，她讲述了自己在左脑中风（即“脑卒中”）后，右脑的神奇开悟经历。她描述自己中风那一刻的情形，引得观众哈哈大笑。她说：“我意识到‘天哪！我中风了！我中风了’。当时，我的第一反应是：‘哇！这太酷了！有几位神经学家有机会研究自己的大脑啊？’”这时，吉尔博士像喜剧演员般抓住了这一表现幽默的最佳时机：“紧接着我的脑袋里又蹦出来一个念头：‘可我那么忙，哪有时间中风！’”

另一位女性，莱温斯基，也站上了TED的演讲台。她以“羞辱的代价”为题，讲述网络暴力给自己以及这个社会带来的伤害。演讲开始，她说到一位27岁的男孩向她主动搭讪，但是被她拒绝了。她说对方之所以搭讪挫败，原因在于他竟然说：“我能让你重回22岁的感觉”，而她恐怕是全世界所有41岁女人中唯一不想回到22岁的那位。她自信稳重、风趣自嘲的演讲，赢得了如雷掌声。

自黑实际上在暗示听众“其实我也不怎么样，别太把我当盘菜”。放下身段的自黑，能博得听众的认同感，让人觉得演讲者可亲可爱。

自黑的人是否特自信？答案恐怕是“Yes”。

施粥的方法

石亚明

据《宋史》记载，当年在宁县，流传着一个范纯仁开仓放粮救百姓的故事。范纯仁任知宁州时，正值州境大饥，为救民于水火，范纯仁擅发常平仓储粮赈饥。州府衙役将粥棚弄好后，就发现有许多不是难民的人也来领粥，于是就上报范纯仁，范纯仁闻听后，微微一笑对属下说："不慌，在粮食中撒入一把土，即可解决此事。"

众属下闻听后一愣，有个胆大的好心劝道："这样不好吧，搞不好会让难民有抱怨而有损您的官誉。"范纯仁闻听后大度地一笑说："无妨，尽管按我所说的去做，到时自会见分晓了。"

官大一级压死人，历来就是官场不二法则，属下们见范纯仁坚持己见，就想，反正天塌下来，也有当官的老爷顶着。想到这里，就快步来到粥棚，从地上抓起满满一把土，当着众人的面撒到锅里。

正围在粥棚前准备领粥的一部分人，看到这种情景之后，立即就转身离去了，他们刚一走出粥棚，后面的人立即就拥了进来。

属下迅速将此情况报告给范纯仁，范纯仁听后，微微一笑说："哈哈，无妨，那些看到粥里撒土就立即离去的人肯定不是难民，真正的难民怎么会在意粥里有这点儿土呢？"范纯仁的属下这下才明白他要往粮食里撒土的真正意图。

此事很快就被宋仁宗知道，他在哈哈一笑之余，感觉范纯仁是个人才，就立即把他调回身边辅佐自己，于是，范纯仁在元祐元年（1086年）任同知枢密院事，并在后来拜相。

范纯仁施粥的故事不仅让宋仁宗知道了他的才华，而且他施粥的故事，即使我们现在也未尝没有借鉴的价值。比如，对于廉租房的建造，是不是也可以撒一把土——不设独立的卫生间？如果住廉租房就必须上公厕，那么结果可能就会跟范纯仁施粥的结局一样了。

范纯仁施粥，运用了智慧，最大限度地保证了最需要帮助的群众的利益。

袁世凯的“低”

清风慕竹

历朝为官，都重视出身，然而在清朝有一个人，连个秀才功名都没有，连“学”都没有“进”过，却把官做到了位极人臣，爵封宫保，不由得令人为之惊叹——这个人就是袁世凯。袁世凯的一项卓异禀赋就是善于交人，以至于许多人都愿意供其驱使，为他卖命，他的秘诀就是一个“低”字，低得看不见天空，低得没了高贵的身份，像张爱玲所说，“低到尘埃里”。

有一天，袁世凯和张勋晋见慈禧太后。张勋先到，慈禧身边的太监马宾廷急忙出迎，招手把他让到了自己的住房里。张勋说：“宫保还在后头。”马宾廷便到院中等候。不一会儿，袁世凯就进了门，一见马宾廷，他紧走几步，单腿下跪，向马宾廷请安。马宾廷受宠若惊，急忙还礼，嘴里一时不知说什么好，激动之情，溢于言表。照规矩，大臣没有先给太监请安的，而且当时袁世凯与大总管李莲英是结拜兄弟，对一般的内廷太监根本不用正眼瞧，可袁世凯不然，这一跪，多少年后，马宾廷的后人还念念不忘。

还有一次，袁世凯去拜会满族大员增崇。出于礼貌，增崇将小儿子叫出来见礼。这位小少爷出来对袁世凯行了一个旗礼，没想到袁世凯也迅速离座，照样抢前几步还礼，口中还连说：“不敢，不敢！”随后就拉着他的手，亲切地问候说：“老弟好！老弟好！”接着又跟他攀谈起来，问他在跟谁学，看什么书，还说“老弟需要些什么书，我可以给送过来”。小少爷说了几本书名，又抱怨说课本太少，还旧，新出的书买不到。袁世凯一听，许诺说：“这个容易，明天我就给你送过来。”增崇家人都以为袁世凯身为一品大员，不过跟孩子说着玩玩，没想到第二天中午，门房就通报小少爷说：“袁大爷差片给少爷送书来了。”差片，就是让人持名片办事，以后有事就打招呼之意。小少爷急忙跟着去看，果然见院子里摆放着五大箱书，里边各种各样的书应有尽有！小少爷非常高兴，对袁世凯油然而生仰慕之情，因为他在家里见过的大臣多了，他出来施礼，那些大臣不过点下头，顶多拱一拱手就不错了，谁都没有像袁世凯这样平易近人，即使对小孩子也言而有信。这件事，增崇的小儿子几十年后都还宛然如昨。

虽然没上过几天学，袁世凯的记忆力却相当惊人，特别是对人名和别人的性情喜好天生敏感，不论是谁，哪怕和他只有一面之缘，多年后只要一见面，他都能一下叫出别人的名字，甚至能说出当年见面时的某些细节。《泰晤士报》驻华记者莫理循和英国驻华大使朱尔典，对袁世凯的这一本领佩服之至，他不管多忙，在会见外宾的时候总是能够一口叫出这些外国人的英文名字，开心地和这些客人回忆曾经一起度过的欢乐时光。在莫理循和朱尔典的印象里，袁世凯是一个很有修养、待人亲切的政治家，因为对外文一窍不通的袁世凯居然能记住那么多彼此相差无几的外国人的名字和面孔而不混淆，不是特别用心，是做不到的。对下属的一些小爱好，袁世凯也牢记在心。他在家吃饭时，吃到一个红烧大蹄感觉味道不错，就吩咐侍从端一碗送到冯国璋家里，说：“这个菜冯将军也爱吃，送过去让他也尝一尝。”面对这样的领导，谁不感激涕零？

有人说袁世凯是个奸诈的乱世枭雄，这些不过是他笼络人心的手段，说来也不无道理。然而，孔子他老人家历来主张：“君子不以言举人，不以人废言。”从袁世凯身上，也有值得我们学习的地方。人生在世，倘若播下一点点高傲的轻视，就会收获如山的路障；而撒下一点点低微的尊重，则会收获似海的感激。

“干大事的从来不要脸”

王　芳

原太平洋集团董事局主席严介和曾说过一番备受争议的话，他说：“什么是脸面？我们干大事的从来不要脸，脸皮可以撕下来扔到地上，踹几脚，扬长而去，不屑一顾。”他认为不把自己当回事，不把面子当面子，视面子为虚无，这才是一个真正干大事的人应有的风度。他的话虽然偏颇了些、尖锐了些，但是，对企业来说，在创业初期所面临的最大问题就是面子问题。

新东方的校长俞敏洪就吃尽了面子的苦，卢跃刚在其著作《东方马车》一书中，详细记录了俞敏洪的创业经历，至今读来，仍令人落泪。

有一次，新东方的一位员工被竞争对手用刀子捅伤，为了处理这件事，俞敏洪请一个刚刚认识的警察朋友，托他请刑警大队的一个政委出来“坐一坐”。因为俞敏洪不会说话，只会喝酒；也因为内心不从容，光喝酒不吃菜，喝着喝着，俞敏洪就失去了知觉，钻到桌子底下去了。老师和警察把他送到医院抢救了两个半小时才活过来。医生说，换一般人，喝成这样，就回不来了。

那天，俞敏洪喝了一瓶半的高度五粮液，差点儿喝死。他醒过来喊的第一句话是：“我不干了！”

学校的人背他回家的路上，一个多小时，他一边哭，一边撕心裂肺地喊着："我不干了！——再也不干了！——把学校关了！——把学校关了！——我不干了！"他不停地喊，喊得周围的人发怵，哭够了，喊累了，睡着了，睡醒了，酒醒了。下午7点还有课，他又像往常一样，背上书包上课去了。眼角的泪痕犹在，该干的事却不能不干，按俞敏洪自己的话说，不办学校，干吗去？

俞敏洪还有一件下跪的事，在新东方学校也是尽人皆知。

他的母亲不顾众人反对将俞敏洪的姐夫招来新东方做事，先管食堂财务，后管发行部。由于某些原因，有人将俞敏洪姐夫的办公设备搬走了，俞母大怒，在学校破口大骂。这位新东方学校的校长，万人景仰的中国留学"教父"，当着大伙儿的面儿，"扑通"给母亲跪下了。

见证此事的王强事后回忆说："我们期待着俞敏洪能堂堂正正从母亲面前走过去，可是他跪下了，顿时让我崩溃了！人性崩溃了，尊严崩溃了，非常痛苦。"一个外人看见这样的场景尚且觉得"崩溃"，觉得"非常痛苦"，那么，作为当事人和下跪者的俞敏洪内心会是什么样的感觉呢？

俞敏洪还有许多传奇般的经历，真要说起来，用他的话说，能说上好几年。实际上，面子是人生中的第一道障碍，聪明的人决不做"死要面子活受罪"的人，过分爱面子，就会失去机遇，把自己看得太重的人，很难做成大事。

要干大事就不能把面子看得太重。那些改革开放初期致富成功的人，就是因为摘掉了虚荣面具，才走上了成功之路。有一大部分富豪都是从"破烂王"和"臭皮匠"干起而发家致富的，敢做"破烂王"、敢做"臭皮匠"的人，本身就具有与常人不一样的人生观、价值观。

贝爷荒野求“金”

［英］贝尔·格里尔斯

我知道《荒野求生》拥有全球180个国家的近12亿观众。不过你可能不知道，摆在我面前的，除了野外的危险，还有金钱这道坎——我也曾为钱发愁，为了继续我的梦想。

从小家人就鼓励我自食其力。我送过报，兜售过自酿的苹果酒，甚至挨家挨户地推销过滤水器，就这样凑够了环游欧洲的钱。很快我发现对旅游的热情不止于此，1998年，当终于站在世界之巅的珠峰山顶时，我哭得像个孩子。不过，从珠峰返回之后，我发现如果要继续梦想，就必须翻越另一座筹集资金的高峰。

演讲一度是我的主要收入来源，一开始也挺尴尬。有家制药公司曾付给我1000美元的演讲费，当时对我而言可是一大笔钱。不过无奈的是，主办方要求我在宴会后做一个小时演讲。面对豪饮过后意识模糊的听众，我知道这时演讲无异于自杀。一个几乎从椅子上摔下来的醉汉甚至大喊：“我们不想在饭后听演讲。”尽管如此，演讲当时也是我寻求赞助的主要途径，所以我必须坚持和学习如何讲故事。

我一直很喜欢父亲以前总说的一句话：“如果专注地把工作做好，财富往往也会找上门来。”在专于自己特长的同时，我的生活也悄然发生着变化。在为一个慈善机构演讲时，我结识了电视台一位负责人的儿子，他建议他的父亲让我拍些电视节目。此外，在一次电视广告代言人全球竞赛中，我从许多登山者中胜出。随后，我又被探索频道当场选中。如果没有这些小小的进步，我能做好大型电视节目吗？我很怀疑，因为大橡树是小橡子长成的。

这些年来，我总是提醒自己不要急功近利。虽然很难向一些电视节目的巨额出场费说不，但我始终清楚自己的长远目标，明白自己真正想做的事情。要了解自身的长处，不要因肤浅的娱乐而分心。可能是我对名声或财富并不那么自信，我曾对电视节目相当抵触，甚至几次拒绝接受《荒野求生》节目最初的邀请。

“若命运之球滚到面前，一定要抓住。我们很少会有第二次机会。”最终外婆的这句话鼓励了我，但我没想到《荒野求生》会获得如此成功。

在我看来，它的成功可以归功于以下三个因素：好运气、卓越的团队和乐于冒险的精神。我见过一些形象更好、技能更强的世界级的登山者、丛林生存大师。我确实很走运——获得了表现自己的特殊平台，允许我犯错，允许我慢慢学习和改善。其次，由前特种部队的兄弟们和顶级探险摄影师组成的卓越团队，是我最重要的资源。他们的工作既脏又累，既拼命又寂寞……如果没有他们，我什么都不是。最后，终极的成功秘诀是乐意冒险，全心投入。随着无数次与死神亲密接触，我也渐渐意识到，如果什么时候我成功了，很大程度上在于我彻底的、全心全意的努力。

我认为最重要的是锲而不舍。我第一次为自己的探险筹资时差不多写了200多封信。除了坚持，别无他法。

捡漏儿其实是挑心

张珠容

近年来，藏品领域鱼龙混杂，从邮票到玉器，从钱币到瓷器，藏家稍有不慎，就掉进一个个陷阱。懂的人想捡漏儿，不懂的人被打眼，被打眼的越来越多，藏品价格却虚高不下，20世纪八九十年代那样俯拾皆是宝贝的时代早已一去不复返。在这种大趋势下，大收藏家、观复博物馆馆长马未都将眼光投向海外，开始进行“国际捡漏儿”。

2013年，荷兰一个老头想转让一批数目庞大的藏书票。得知消息，马未都立即乘坐飞机赶往荷兰海牙，希望购得这批藏品。一路上，马未都想的不是要出多少价格收购，而是在反复查看藏书票拥有者，那个荷兰老头的生活资料。这些资料，都是他让助手通过各种方式搜集来的。

荷兰老头是个心理医生，已经70多岁。在荷兰，心理医生是个很赚钱的职业，可这个老头却没有车，也不会开车，居住在一所简陋的房子里。马未都一猜就知道，老头一直过着深居简出的日子。

马未都不关心藏品资料，反而关心藏品主人的生活状况，其实大有原因。原来，荷兰老头要转让藏书票的消息一出，想要收购的人就排成了长龙。不少财大气粗的藏家找上门，出高价想收购一部分藏书票，荷兰老头都没点头。很多人笑老头傻，因为分开售卖比一次性售卖全部藏书票，价格要高出很多。

老头会将藏书票转让给自己吗？马未都其实也没信心，因为他毕竟是中国人，一旦购得，藏书票便要跟着他，千里迢迢从荷兰跑去中国。在情感上，这是荷兰老头很难接受的。可他分析，老头宁肯价钱上受损失，也要整体出让，因为那些藏书票是他毕生收藏，他想把它们完整地托付给一个会珍惜它们的人。为此，马未都见到荷兰老头第一面就先说了一句话："我会购下全部藏书票。"紧接着，他又做下承诺："未来，我将建一个专门的藏书票馆，用来存放这些藏书票。"

就是这两句话，马未都征服了荷兰老头。荷兰老头很快就与马未都进行谈判、签署相关文件。那天签完转让文件后，马未都握了握荷兰老头的手，准备要互相祝贺一番。没想到，老头当场泪流满面。马未都惊呆了，愣在那里，不知所措。老头转身就出去了，马未都有点儿忐忑，心想：难道老头后悔了？大约两分钟之后，老头平复了情绪，回到马未都身边。

老头对马未都说："我这一辈子业余爱好只有一个，就是收藏这些藏书票。每次收藏，我都会拿出铅笔，记录收藏当时的种种故事。"马未都随手翻了翻几张藏书票，一看，背面果真写满了荷兰文。

当时，他感动极了。他说："十二万多张藏书票呢！老头的一生，都记录在这些藏书票的背面了。这些记录，也许才是这批藏品最大的价值。今后，我一定会找一个荷兰文好的人翻译出这些文字，然后展现给世人。"

那一次荷兰之行，马未都成功购得整套藏书票。新闻一出，许多人评价马未都捡了一个大漏儿。马未都说："的确是大漏儿，我既捡到了宝贝，也捡回了感动。但这个大漏儿，我捡时不是凭运气。我得到荷兰老头信赖的根本原因，是我从未把那些藏书票当成商品收购，而是打内心把它们当成是有生命的藏品。"的确如此。完成转让后，荷兰老头对马未都说了一句话："你真心爱惜，我才放心托付。谢谢！"

明星的“饥饿游戏”

孟　静

相信你一定看过关于明星减肥的那些传说，孙俪掰包子闻闻味儿过干瘾，郑秀文几十年没吃饱过，鲁豫吃米饭数粒，舒淇饭后靠打游戏硬挺着不敢坐下来。当然也有一些傲娇派言之凿凿说自己天生大胃王体重却从不过百，告诉你，前面那些人语出真诚，后面那些是大话精，这世界只有瘦不下来的胖子，没有胖不起来的瘦子。李嘉欣长了张瘦子脸吧，她年轻时拍照片也被记者提醒收腹呢；张梓琳腿长爱运动吧，她也说过，25岁之前有怎么都吃不胖的人，25岁之后——不！可！能！

七分吃、三分动是真的，绝大多数人降体重不能仅靠运动，管住嘴才是真正有效的方式，你累死累活跑40分钟，一杯可乐就填补了那个热量。明星晒运动照只是证明他们在保持体形，而他们之所以可以超乎寻常地速降体重，完全是一种我们不可想象的自律性。

很多年前有一次饭局，吴佩慈在座，我观察到她一顿饭只吃了一只虾，不是龙虾哦，就是剥去壳只有小拇指那么长的一只虾，以至于后来看到高圆圆吃了一整块三明治后我以为上天太眷顾她，后来才知道有一阵高圆圆也胖了，需要突击节食。

有些明星在不上戏的时间报复性地吃东西，胖到杂志拍片的时候需要把她的头P到模特儿的身体上。而那些一胖就胖脸又马上要开机的明星怎么办？海清说，她胖一公斤时镜头看不出来，两公斤时摄影师就会提醒她，该减肥了。前段时间她坚持下午两点之后不进食，可以以一天三斤的速度掉肉。我以为她要来炫耀艺人是胃口随意伸缩的特种人类，谁知她分享了一个非常凄惨的经历。“晚上饿得睡不着，我就把家乡一个粉丝寄来的榨菜一根根拿出来，每晚拿十根，一根根地嘣，嘣到没有盐味时再吐出来。”这是一个火锅局，她讲完这个故事，看着我们胡吃海塞，自己嗑了几颗瓜子后表示还要回去跑步。

我和吴秀波吃过三次饭，众所周知他以前是个170斤的大胖子，曾经无法弯腰系鞋带，但这个胖子形象只存在于他的访谈里，我怀疑照片已经被他销毁，总之从他出现在荧屏的那一刻，就已经减肥成功，而这十几年里他一直吃全素，印象中他没有再胖过。

第一次采访时是中午，他说早上吃过了，不用吃午饭，看着我们吃+抽烟就可以顶饥。我猜那么多明星是烟民，也是因为香烟可以有效抑制食欲，戒烟的人会迅速吹气般大上一圈。第二次又是中午，他上午接受了几家采访，按说体力消耗挺大，面对满桌佳肴，只动了一个大拌菜，然后小心翼翼地撕了一点儿他爱吃的糖饼，胃囊不会比一只鸟更大。有个理论说，人饿久了，胃会变小。从吴秀波的经验才知道，那只是美好的童话。最近一次吃饭是火锅，他还是一口没动，看着同桌一个减肥成功的人，吴秀波幽怨地说：“你怎么就能不饿呢？”原来肠胃依旧记得当年消夜吃掉半只鸭子的好时光，他说夜里要看着食物图片才能痛苦地睡去。大家安慰地说他的脸已经够窄了，吴秀波摇头说：“马上要上新戏了，还得减。”

在我不多的和明星共餐的经验里，范冰冰的确属于正常吃饭。可你不要高兴得太早，她主要只吃两个菜：番茄炒蛋与清炒土豆丝。

饮食男女，人之大欲存焉。一个纯粹的明星，基本就告别美食这个低级趣味了。所以在别的欲望上拓展一下，可以体谅。

在古代，一本畅销书是如何养成的

乔　娟

明神宗万历二十年（1592年），鉴于官场黑暗，49岁的汤显祖一怒之下炒了官场鱿鱼，回到了江西省临川县老家一个犄角旮旯的小山村。骤然从紧张忙碌变得无所事事，汤显祖怅然若失。

乡下日子寂寞清冷，多年行走官场，耳闻目睹了许多奇闻怪事，尤其是那些为了追求爱情自由而失去生命的年轻人，他们的人生轨迹像雾像雨又像风，在汤显祖心里起伏荡漾，润湿了年少时的作家梦，他的内心燃起了积聚已久的创作热情。

写作是枯燥的。汤显祖每天起床简单梳洗吃喝后就开始工作。他酝酿好故事情节后，连续写数个小时，疲乏不堪。夫人劝他注意休息，汤显祖笑着说："我每天都和柳梦梅、杜丽娘、春香待在一起倾心交谈，我怕一恍惚，她们就消失了，我恨不得把睡觉的时间都挤出来，哪里还能顾上其他呢？"夫人一听，这简直是疯子写法，如果身体累垮了，别说写作，就是活着都成问题。她坚决不让他这么拼命。汤显祖无奈，只好和夫人立下一个口头协议，答应写完这部小说后，一定好好休息，争取把身体恢复到从前。

一天，夫人做好饭，让仆人去书房叫汤显祖。仆人来到书房一看，书稿和笔都好好地摆在桌子上，人却不见了踪影。仆人大吃一惊，慌慌张张跑回去告诉了夫人。他们一起来到书房，果真如此，书房里一切摆放整齐，唯独汤显祖不知跑哪儿去了。花园、竹林、后院角角落落都找了个遍，就是不见人。就在汤夫人六神无主的时候，忽然听见柴房里传出一阵阵悲悲切切的哭泣声，众人齐奔柴房。推门一看，只见柴堆上坐着一个人，正双手掩面，伤心哭泣。汤夫人非常诧异，壮着胆子走过去，轻轻拉开那人的衣袖，发现正是遍寻不着的汤显祖。汤夫人气不打一处来："你没病没灾，没疯没傻，为什么一个人躲在这里偷偷哭泣？"汤显祖一听这话，似乎梦醒般，断断续续地说："刚才我写到《忆女》，'赏春香还是旧罗裙'一场戏时，丫鬟春香陪着老夫人到后花园祭奠死去三年的杜丽娘，春香想到杜丽娘生前对自己亲如手足，情同姐妹，再看看自己身上穿着的正是小姐曾经送给自己的衣裳，心中涌出无限思念，不觉悲从中来，忍不住大哭。写到这里时，我觉得自己仿佛化成了春香，春香就是我，我一时控制不住对杜丽娘的思念，就信步走到这里坐下，结果越想越伤心，忍不住哭起来。"汤夫人听到这里，对丈夫真是又怜又气，怜的是他完全变成了戏痴，分不清现实和小说，气的是他不顾自己的身体，全身心地投入，完全与书中人融为一体。

汤显祖就这样凭着一股激情和疯劲儿，与剧中人物同哭同笑，同悲同喜，投入了全部感情。因而他笔下塑造的每一个人物都有血有肉，丰满真实，完全达到了亲历者的状态，这部爱情力作《牡丹亭》一经问世，立刻引起轰动。男女老少竞相传阅，纷纷掏钱购买。一时，《牡丹亭》成了畅销书。

人与人之间，兜售“感觉”比兜售“能力”更重要

Afra Tan

美国前第一夫人希拉里，宣布回锅角逐白宫总统宝座。她很可能是美国第一位女总统。起码，概率比8年前大多了。根据新罕布夏大学民调中心今年最新一份调查，每10位中间偏民主党的选民里，有6位认为，希拉里是最有胜算的候选人。关键原因并不是她的履历表变漂亮了（2009年至2013年，希拉里担任美国国务卿，全球跑遍，交出一张漂亮的成绩单）。希拉里胜算提高，关键核心竟然是——里婶比8年前更讨喜！

也许你会讶异，选总统，不就选贤与能，能力好，会做事，跟讨喜有啥关系？很多专业能力杰出的人，厌恶谈到“讨喜”“亲和”这类形容词。仿佛去学习，去耕耘温暖、柔软的力量，是对自己能力的一大羞辱。

这，不也是我们在职场需要知道的事吗？

面试的时候，开会的时候，和高层见面的时候……兜售“感觉”，比兜售“能力”更重要！

从希拉里两度角逐总统宝座，公众呈现和竞选调性的差异说明了，人生如果要走出更大格局，力量与温暖绝对要并存。特别是专业能力很强的人，甚至要刻意淡化专业的形象包袱，多点儿人味。

回到2008年，当时的希拉里，除了当过第一夫人，还干过两届纽约

州联邦议员。对手奥巴马只是政坛菜鸟，知名度不高的伊利诺伊州参议员。照理说，希拉里赢面大很多。她经验老到，形象可靠。但也因为她太强了，竟然在初选前哨战、爱荷华州党团会议输给了奥巴马！

专业，强大的形象，竟然会吃瘪？

原因是，美国人不喜欢她。在2008年党内初选开跑的这场新罕布夏州辩论会上，希拉里被问到一个超尴尬的问题。

主持人：今晚在场有很多选民，他们很喜欢你的资历，却对你的“讨喜”程度感到犹豫不决。他们似乎更喜欢奥巴马。对于这些选民，你有什么话要说？

希拉里：我觉得很受伤。

就这样，2008年，希拉里以胜券在握的姿态，宣布参选，却因为美国人更喜欢奥巴马，让她输掉选举，输给一位后生晚辈。

怄吗？换成任何人，一定觉得很怄！败选后，希拉里退一步，担任奥巴马的左右手，成为美国首席外交官。短短4年，里婶出访112个国家，打破历史纪录，成为美国史上出访最频繁的国务卿。她的战绩如下：

累积里程，相当于绕地球圆周：38.42次。

旅行总日数：401天。

就算是为了拿航空公司免费机票，应该没人想这么拼！在繁杂、耗体力的国务卿岁月里，里婶变了。相较于2008年利落、犀利、高高在上的样子，她的头发变长、变白了，体重增加，脸变圆了……

同时，她笑容变多，脸部线条变柔和了。相较于8年前，希拉里的“好感度”增加了。

比较2007年跟2015年，希拉里的竞选宣言影片，也可以看出她和竞选团队心态的大改变。在第一次竞选宣言影片中，里婶坐在办公室独白。口头上虽然说着，她参加选举，是为了和民众对话。但后头跟着一串，国家安全、健保改革、美国经济等政见摘要。当然她也不忘强调自己的老到经验。

这部影片，就像卖膏药，强调产品利益（候选人优势），却无法和选民的真实生活、内在渴望紧紧相扣。

而这次，里婶和她的团队变聪明了，不再唱高调。竞选宣言广告由美国民众的生活切入。这些美国人，有个共通性，准备要迎接崭新生活。这些人的生活剪影演完后，里婶才出现，说自己一样也在迎接新生活，她打算选总统，为大家的生活打拼。里婶的台词，从拗口的国安、健保、能源，变成“我希望是为大家打拼的那个人”，“所以我准备好上路，争取各位的选票”。这次的主张变高明了，不再是卖弄候选人本身的优势，而是诉求美国人的梦想和愿景。

8年前的宣言，多少反映当年里婶“理所当然”的心态。那种心态说着：我那么优秀，历练这么好，有sense（理智）的人一定会选我啊。

也许是4年的国务卿历练，里婶发现这世间真的有太多即便她有能力，却搞不定的怪事——

怪政客，怪国家，怪战乱……所以她变谦卑了。她开始懂得，与其兜售自己的能力，不如兜售愿景。和美国人并肩站在一起，告诉他们“我能替你们做什么”。她的竞选团队也改变了策略，这次的选战，不主打热情支持者摇旗呐喊的大场子。相反地，要going small（变小）。里婶会和一小撮、一小撮的人对谈，通过对话与美国人交心。竞选团队也警告，没有理所当然的选票，能争取一票是一票。

“婶味”，因为年纪（希拉里2015年已68岁了）。

“人味”，因为8年前选举失利，因为4年的国务卿历练，当然，升格当外婆，也不无关系。

经过了8年，希拉里的履历表变得更漂亮了，通过民调看起来，美国人也更喜欢她了。不管最后她会不会因为多了这“两味”，顺利成为美国史上第一位女总统。里婶的进击告诉我们，真正的影响力，往往来自力量与温暖的共同展现。

还忙着兜售超强能力吗？

想想如何加强联结力，兜售“好感觉”吧！

吃神大仲马：写作使其富有，耽吃使其贫困

龙　隐

肉呈棕色，调味很重的阿尔腊肠，鲜红耀目的带壳龙虾，色彩鲜明的大虾，外面有刺而里面细腻上口的海胆，还有为南方食客所极力赞美、认为比牡蛎还鲜美可口的蛤蜊——这一切，再加上无数从沙滩上捕来的，被那些渔夫称为“海果”的各种珍馔美肴，都呈在了这次结婚筵席上。

这是基度山伯爵的婚宴。阅读大仲马的作品，你会发现一个共同的特点，那就是频繁涉及餐饮、饮食习惯和食品。这足以证明吃是大仲马的一大爱好，苦出身的他靠手中生花的妙笔，养出了一张精致、细腻且无比挑剔的美食家的嘴巴。

大仲马的厨艺

以《基度山恩仇记》爆得大名后，大仲马每年能挣上20万法郎，在其事业的巅峰时期，他在巴黎近郊附近建了一座气势恢宏的大厦——“基度山伯爵城堡”，把写剧本写小说赚的钱大把砸在上面，邀朋聚友，很多潦倒的艺术家、作家都成了“基度山城堡”的座上客。他专门雇人烹饪供他们吃喝，夸张的说法是他在此招待了整个巴黎。1848年7月25日，大仲马在新居举行了一次有600人参加的大型宴会。由于他慷慨好客的本

性，举债消费，进而债台高筑。不久，“基度山伯爵城堡”只得被法院拍卖。大仲马也因此被世人评为“写作使其富有，耽吃使其贫困”。

那么大仲马本人是否擅长烹饪呢？其证据并不多见，乔治·桑在1866年2月3日的日记中有这样的记载：“大仲马做了整整一餐饭，从汤到色拉！都极其美味。”他的传记作者大多会提及他的妙手之炊——1884年，跟大仲马同居的那不勒斯女人把家里的厨子和仆人都辞退了，大仲马竟能用大米、黄油和剩下的几个西红柿和一点儿香肠，做成让十来位客人都满意的西红柿焖饭。

还有一次大仲马和他的朋友们带着新打捞的海鲜去一个朋友家吃饭，朋友家的厨娘厨艺不精还爱念叨，让大仲马很不满，于是他将厨娘吆喝到旁边当助手，他开列了“主菜：番茄小虾浓汤，美国风味龙虾，诺曼底酱鲽鱼，青鱼蘸麦特里调味汁，香槟白葡萄酒炒牛腰；烤炸：吊烧鸡两只，油炸章鱼；小食：普罗旺斯烩番茄，牛腰汁煮蛋花，糖渍芦笋尖，西班牙莴苣心，水果”以及“四种葡萄酒、两种饮品”的菜单。

别人都觉得这份菜单需要三个小时才能烹调完成，而实际上大仲马只用了一个半小时就创造了奇迹。菜肴上桌后，大家竟吃了四个小时，仍然意犹未尽！这顿饭，让大仲马的厨艺美名广传。

大仲马是如何习得精湛的厨艺的呢？他说，他爱上烹饪，一如他爱上诗歌一样，乃是天赋。当然，也要靠后天的吃多识广。在这一点上，他就是自己笔下的基度山伯爵，“对于像我这样一个随缘度日，在那不勒斯吃通心粉，在米兰吃过玉米糊，在法国城市瓦朗斯吃大杂烩，在君士坦丁堡吃抓饭，在印度吃咖喱饭，在中国吃燕窝的旅行家，这种事您想都不会想的。我无论到什么地方，什么饭菜都能吃。”这就是大仲马的夫子自况。

对于世界各地的美食，大仲马有自己的品评，他说：“我曾周游世界，到过一些其国民饮食很差的国家，如意大利和西班牙；也曾走遍高加索和非洲那样人们食不果腹的地区，这让我有一种特别的冲动，想让前一类国家的人们懂得怎样才能吃得更好，教会后一类国家的人们怎样解决食物来源的问题——假如他们为自己准备好了一枝猎枪的话。”大仲马本人在年轻的时候就曾靠着沿途打猎一路从家乡走到了巴黎。

美食逸事

大仲马曾为一家名为《新潮》的期刊开设专栏《美食漫谈》，这是一个类似聊天儿的节目，话题经常会转到厨艺方面。对此大仲马说：“我很开心地看到，我在烹饪艺术上如此之快就出名了，甚至盖过了我在文学方面的名气。”

可以说创作《美食词典》是大仲马多年的夙愿。在他人生接近终点时，他跟阿尔丰斯·勒梅尔签下了合同。那是在1869年，大仲马觉得自己已经老了，本已打算封笔，但因为需要钱，更主要的是想完成夙愿（我决定写这本书，想为我四五百卷的文学作品收一个豹尾），于是带上一整套烹饪书籍去了布列塔尼地区菲尼斯特雷省的海边小城写作。1870年，大仲马在法国迪埃普辞世。1873年，《美食词典》出版。

在书中，大仲马凭着记忆把巨量的、五花八门的信息传递给读者，包括他旅行国外时见到过的千奇百怪的食品以及他耳闻目睹的许多让人忍俊不禁的逸闻趣事。比如，“你吃过永久锅煮出来的牛肉或鸡肉吗？”永久锅就是一口锅架在炉子上，日日夜夜永不熄火，取出一只煮熟的鸡，马上又放进一只，煮熟一块牛肉，马上又放进一块生牛肉，舀了肉汤则即刻加水。这样，不论煮什么肉，都会把精华留在汤里，而新加进去的肉在吸收这些精华的同时也把自己的精华留下一些。在永久锅里煮肉要严格控制在所需的最短时间，才能保持肉味的鲜美。

该书还为某些大仲马在小说中未能细说的食物加上有趣的注解。比如在《三个火枪手》中，达达尼昂和他的三个朋友花完了国王赏赐的四十枚金币后，吃了上顿没下顿，他们饿着肚子带上跟班，奔波于沿河一带和各禁军队部之间，千方百计到外面的朋友那里找饭吃。至于达达尼昂，他在京城里没有什么熟人，只在一个同乡神甫家里找到一顿巧克力早餐，在禁军的一个号手那里混了一顿午餐。

《美食词典》就对巧克力早餐进行了详细介绍，大仲马在此告诉我们巧克力于16世纪末引入西班牙，迅速普及开来。女人，特别值得一提的是还有僧侣们，对这种全新的、香气扑鼻的饮品很喜欢，巧克力很快就成了时尚之物。这种情况延续至今。在当时的西班牙，当客人需要来点儿醒脑提神的饮料时，主人能送上巧克力被认为是很有品位的事。但凡有点儿面子的家庭莫不如此。说到冲巧克力的正规方法，也就是即冲即饮，每杯放一盎司半，冲上热水，用木勺搅拌，让其慢慢溶化，然后煮15分钟。这样煮出的巧克力又浓又稠，要趁热喝。

正如大仲马所言，要论对烹饪艺术的理解，无人比得过文学家——因为他习惯了对任何菜肴都精益求精，比任何人都更能品味其中之妙。这也正是大仲马美食书的迷人之处，它让人读到的是一种乐趣，一种喜爱美食，因美食而快乐的生活享受。

三星老总为谁鞠躬两小时

徐立新

2001年7月，刚上任不久的三星总裁李健熙，决定带着6位副总去往美国纽约，实地考察一下三星在当地市场的销售情况。但一连好几天跑下来，李健熙看到所有商场电器柜台里摆放的大小电器几乎全都是日本的索尼和松下的。

在纽约最后一天的中午，回到宾馆后，李健熙把自己紧关在房间里，谁也不让进，而且不吃不喝，这让守候在房门口的6位副总既担心又害怕。

到了晚上6点，李健熙终于打开了门，并让副总们都进去。副总们刚一进入房间，李健熙就分别给他们每人发放了一个红包。一见此情形，6位副总吓得不约而同地跪在了李健熙的面前。在韩国公司，有这样一个人人皆知的规则——在非年终的日子里，当公司老总打算不再用某个人时，辞退之前都会给对方送上一个红包，以示抚恤。

看到这一场面，李健熙先是一愣，转而哈哈大笑，他连忙将6位副总一一扶起，说："你们弄错了，我发给你们红包，并不是要开除你们，而是要你们用红包里的钱去把索尼和松下的大小电器通通给我买回来，我要看看他们的产品到底好在什么地方！"

接下来，三星开始一个个分拆这些电器，不拆不知道，一拆吓一跳，索尼和松下的电器果然比三星的先进很多。

也就是从这时起，李健熙喊出了这样一句口号："除了老婆和孩子，一切都要变。"

从此，三星开始了艰难的自我鞭笞和奋进，变的第一项举措便是修改每天的上班时间，之前三星每天是上午9点钟上班，李健熙决定将上班的时间提前两个小时，改为早上7点，想通过分秒必争来赢得赶超对手的时间。

但这项改革迅速遭到公司全体员工的反对，他们声称7点早得太离谱儿。

面对全公司的一片反对之声，李健熙什么也没有说。新制度推行的第一天，早上7点钟，李健熙准时来到公司，然后在秘书的陪同下，自己以弯腰30度的鞠躬方式，站在公司的大门口，迎接每一名前来上班的员工。

对于一位已是59岁、近乎老人的李健熙来说，这种鞠躬式的站立方式让他难以吃得消。20分钟后，李健熙的双腿开始发抖，此时，才来了第一名"过来看看情况"的员工，看到这名员工，李健熙又深深地朝他鞠了一躬，感谢他的支持。

直到8点20分，才有部分员工陆续开始进来，李健熙不停地朝每个进来的人鞠躬感谢。此时，正值夏季，太阳开始发威，毫无遮挡地射在李健熙的身上，让他大汗淋漓，无论秘书和副总们怎么劝，李健熙都原地不动。

从7点一直弯腰鞠躬到9点，当迎接完了最后一名三星的员工后，李健熙终于支撑不住了，一下瘫倒在地，晕死了过去，之后被迅速送往附近的一家医院。醒来后，他表示第二天还要这样做。

李健熙的坚持激发起了全体三星人的斗志，从第二天起，所有的员工都在7点准时赶到公司，开始一天繁忙的工作，他们不想看到总裁因为他们的迟到和不支持而受到伤害。

2003年6月，一个震惊全世界的新闻出现了，韩国三星电器全面超越日本电器，成为全球电器市场上的第一大品牌，一举改写了被日本索尼、松下统治了近30年的全球电器市场。今天，韩国三星王者的地位依旧稳固。

第五章
暗夜逐光，终成传奇

遵循内心的声音而活，要么成为疯子，要么成为传奇。

我们永远都在崇拜着那些闪闪发亮的人。我们永远觉得他们像是神祇一样的存在。他们用强大而无可抗拒的魅力和力量征服着世界。但是我们永远不知道，他们用什么样的代价，去换来了闪亮的人生。

——郭敬明

拳王哲学：有城府，无恩怨

雷晓宇

前阵子，我带了一本《李小龙传》去见邹市明。你知道邹市明吧？唯一一个拿过奥运金牌的中国拳击手。而且不是一块，是两块。他今年34岁，住在美国，指望抓住最后的机会，在那里打出一番天地。

我把那本书送给他，其实是想问他问题。李小龙能得到美国人的认同，不只因为他能打。他在华盛顿大学上过哲学课，懂得怎么把东方哲学和西式搏击结合起来——他有他的武术哲学，你有你的拳击哲学吗？

邹市明一愣。他可能没想到，会有人问他这么不着边际的问题。他试着回答我的问题，最后却给我讲了两个故事。

在他还没出名的时候，有一次上台打拳，和一个南美人打。那是业余拳赛，以点数计算胜负。上台之后，两个人心知肚明，游龙戏凤，谁也不肯第一个出招。虚晃一枪，浅尝辄止，你不出手，我也乐得绕圈子。对方是一个比邹市明更加年轻的人，熬到比赛快结束的时候，他忍耐不住了。邹市明瞅准机会，一拳打中他的肋骨。其实，这一拳不重，只要他继续闪避，便没事。但血气方刚，岂能受辱？南美人第一反应就是还击。还没看明白对手的空当，他就凭着一股子刚猛打过来。

“打拳要有城府。人家用招数逗你，刺激你，你要是这点儿气都沉不住，立刻就要还手，那么，在这种情绪下面，等于把自己的弱点敞开给对方看。”

南美人输了。

另外一次是最近。邹市明每天都在洛杉矶的一家拳馆练习。陪练是一位前职业冠军，拿过两条金腰带，可是他已经四十岁了，状态下滑，又刚刚有了孩子，生活负担很重，没有比赛，就没有收入，只好靠陪练来补贴家用。

有一天上午，邹市明和他做对抗练习，被一拳打到左眼，旧患复发。在邹市明的职业生涯里，这样的情形曾经反复发生过无数次。每一次，只要他闭一会儿眼，缓一缓，再睁开眼睛的时候，画面就能恢复正常。可是这一次，对方下手确实狠了，邹市明好几次闭眼，又好几次睁眼，眼前还是一片模模糊糊影影绰绰。两个拳台，两个对手，四只手，无数根拳绳。

邹市明慌了，一个人退到拳台角落，背对所有人。

“那一刻，我不知道我脸上是汗还是泪。我这个岁数，曾经无数次想过，在哪个时刻我会退役。我想，如果这就是我退役的那一刻，我会怎么样？”

几秒钟之后，他转身，继续练习。

“那天打完之后，没人知道发生了什么。我还是跟他一起换衣服，一起说笑话。拳手没有恩怨。他如果不够狠，下次在台上被打的可能就是我。”

他还是非常努力想要回答我的问题：“如果说拳击有哲学，我的哲学就是，拳击是一项绅士运动。什么叫绅士？有城府，无恩怨。”

我们没办法把拳击和绅士联系在一起。不过，拳击手确实是个有诗意和悲剧色彩的职业。一个男人，赤裸上身站在台上，被人围观，和另外一种生活搏斗。他看起来很可怜，但又是个斗士，要靠肉身赢回尊严。

肉身就是武人的家。哪有什么关山万里，哪有什么四海为家，身体在哪里，哪里就是家。哪一天，身体没了，家就没了。

我问他，看没看过徐皓峰，他说没听说过。其实我很想告诉他，一拳被人把家打没了，这种感觉，徐皓峰写过。形意门传人李尊吾，学成下山，入世争名，头一个就要拿高手祭旗。高手倒下，被家人用一床蓝印花棉被裹上，抬回家，两个月之后就死了。他记得蓝印花棉被的味道，有一股旧棉花的霉味。一举成名，行走江湖，想起这股子老棉花的霉味，都会一阵阵恶心。

邹市明是个粗人，他不懂得这其中的滋味。他只记得，那天回家，眼前还是流动的双影。他老婆递给他一杯水，他去拿，杯子在左，伸出的手在右。摸索半天，默默喝下一口。他老婆不知道她的男人这一天经历了什么。万言不值一杯水。

恺撒当人质

马徐骏

西西里的一群海盗碰上一件怪事，应该说，遇到一个怪人。海盗们刚刚拦船抓了一批留学生，看衣着打扮，应该都是富家子弟。用行话来说，就是“肥羊”。这批羊的爹妈，看起来不是大官就是富商。在船被袭击的时候，养尊处优的少爷们基本上都吓得尿了裤子。

“壮士，有话好说，要钱好商量，只要能活命，一切听你们的。”

除了一个奇葩。这小子被抓的时候，一副满不在乎的模样，非但没有惊慌失措，还像出门碰上老朋友，全然不把驰名地中海的职业海盗放在眼里。连随行的仆从们都很镇定，这个人一看就是见过大世面的。没文化的海盗们，出于长期绑票练就的商业直觉，也能判断出这是一个不一般的人物。他们开出20金塔兰特（约合1300万美元）的赎金价格。这个年轻人听到赎金数额，哈哈大笑，指着海盗们的鼻子说：“看来，你们都不知道自己绑架的是什么样的大人物啊。”他主动把赎金价格翻了一倍多，涨到50金塔兰特（约合3300万美元）。

海盗们惊呆了：还有嫌自己身价太便宜的人质啊。这是财神爷啊。难道他爸是土豪？

结果，对方说了一个海盗们从来没听过的名字。这也正常：真正有钱的人，一般很低调。在海盗们的心目中，这个年轻人瞬间从“肥羊”升级到“金猪”的行列。他派随从回去筹集赎金，自己跟一个好朋友和两名随从留下来，快乐地当起肉票。

年轻人在海盗窝里的生活可不是战战兢兢、小心度日，他大大咧咧，全然不把自己当外人。比如他想睡觉，海盗们在外头大声喧哗的时候，他就会派自己的随从去骂街，不是请求，而是教训海盗们要保持安静。有空的时候，年轻人还给海盗们上文化课，用诗歌陶冶海盗们的情操。如果有人不好好听讲，他会不开心地把这个“坏学生”拎出来，狠狠地斥责一顿。在娱乐方面，年轻人也展现出非凡的实力，他跟海盗们一起训练体能，搏击、格斗，还跟海盗们一起玩乐，简直就像一个新来的海盗小伙儿。就这样好吃好喝伺候着，他还经常不满意。特别是偶尔想起自己不是海盗头子，而是被绑架的肉票时，心情就会很不好：他威胁说，等他得救了一定要把这群海盗抓起来，全部弄死。他说这些话，都是当着海盗们的面，一点儿都不避讳。海盗们觉得他好玩儿极了，哄堂大笑。

终于，随从筹到赎金，从海盗手里救出了他。

获得自由的年轻人，做的第一件事，就是到附近地区租借船只，招募人手，然后带着一群雇佣军突袭绑架他的海盗，连锅端了这个海盗团伙，不但拿回50金塔兰特的赎金，还顺手抄没了海盗的财物。他把这群海盗全部绞死，报了仇。

这个青年名叫尤利乌斯·恺撒，后世称他为“恺撒大帝”。那一年，他24岁，正是从罗马去罗德岛留学的路上。深谋远虑是恺撒的最大特点。当他被海盗们抓住的时候，他的淡定，让对方不敢轻举妄动；把赎金从对方要求的20金塔兰特提高到50金塔兰特，对见钱眼开的海盗们来说，看到这个人，无异于看到一大笔会走路的现金，非但不舍得杀，还奉为上宾。

恺撒按照自己的方式，在海盗中生活，有大笔赎金做保证，哪怕有时候过分了，海盗们看在钱的分儿上，也不会把他怎么样。利用这个机会，他正好摸清海盗们的出没习性，为反击做好准备。

“姚黑”和“姚蜜”的告密信

［美］莱斯利·亚历山大

昨晚十二点三十七分，网页的e-mail（电子邮件）提示意外地“嘀”了一声，我收到一封来信，关于姚明的。

这让我回忆起九年前，差不多也是这个时段，同样是关于姚明，我收到一封告密信。一位来自中国的热心球迷警告我，他对姚明很熟悉，没有人比他更了解姚明的篮球状态，他慎重地在信里分析了姚明的身高、体重、转身、跳投等方面存在的缺陷后，确实让我出了一身冷汗，他竟然连姚明受了多少伤，什么地方容易受致命伤都告诉了我，毫无疑问，写信的人非常熟悉姚明。

中国有句俗语，宁可信其有，不可信其无。如果姚明真如信中所说，那我作为火箭队的老板就亏大了，必须趁着他那圈状元的光环尚未消逝，早点儿寻个好价钱交换出去。所以，收到那封信的第二天，我便秘密地组织了一个调查组，专对姚明。

我想，后来福布斯NBA（美国国家篮球协会）财富榜公布我从“副班长”瞬间跃为并列第九，财富陡增至12亿，几乎超过中国的人口数，很大程度上要感谢这封告密信。因为它，我真真正正地了解了姚明，他确实受过伤，但在身高上极具优势、在体力上超越了一般的东方人、在速度上更是难能可贵，总之，那封告密信促使我产生了这样一种想法：姚明应该是核心，不仅源于他的实力，更源于那一封告密信。

中国的NBA市场就像那封告密信所藏的商机一样，十几亿人关注姚明，每一场火箭的比赛收视率都处在全联盟前列，我的火箭队能不赚钱吗？谢谢你，姚明；谢谢你，告密者。

九年过后，我没想到还会收到一封信，而且依旧是关于姚明的，同样是对姚明身体的分析，同样提出了许多种种不利的信息，但我的心情却与九年前完全不一样了，因为后面的落款人不再是一片空白，而是清清楚楚地写着“姚明”两个字。

我相信这封信是姚明自己写的，虽然我一向处事谨慎，但这封信的内容写得太诚恳，不怕大家笑话，用老伴的话说，自己简直有点儿老泪纵横了。

姚明告诉我，他萌生了退役的想法，信中所讲都是真的，岁月不待人，应该把位置让给新人。这些话我都可以理解，但让我震惊的在最后，姚明叫我不要生气，他说，对于这个邮箱，您一定似曾相识吧，九年前那封告密信，是我自己写的。

姚明竟然自己告自己，细细想来，他真是个聪明人。一个中国选手进军NBA非常不容易，要想有所成就，就必须让自己的名字跳出来，让自己的实力摆出来。他做到了，那封告密信的目的不是告密，是挑战、是宣誓。

但姚明第二封信的目的是什么呢？我想，他是真的要离开了，他那么坦诚，我又怎么可以再要什么花招呢？他是个聪明的小巨人，我可不想做一个愚蠢的小老板而得罪所有中国人。

我得向姚明学习，要想让自己的球队占据有利位置，首先得有实力，其次便是向媒体、球迷写一封告密信，人生的种种比赛，皆不过如此。谢谢姚明的来信。

林志颖：我的三观都是赛车教的

林志颖

我的人生观、哲学观，都是从赛车中学到的。做赛车手，我学会的最重要的事情，就是保持良好的心态，得失心变轻。

1998年11月，脚伤刚好没多久，我受邀参加WRC（世界汽车拉力锦标赛）A2组别的比赛。那是我第一次也是唯一一次跑WRC。这个项目花费特别高，我在比赛中认识了英国的职业拉力赛车手阿利斯特·麦克雷，那一年也是他刚开始跑WRC的第一年，我们不同组别，但是由同一家厂商赞助，所以就认识了。他们家是赛车世家，他哥哥是著名的WRC世界冠军科林·麦克雷，他爸爸吉米·麦克雷也是英国拉力赛的五届冠军。

那时候我还没想到我们后来会有合作，从他身上，我注意到了职业赛车手都会具备的一个品质：随时保持良好的心态。

2006年我组了“林志颖车队”跑中国拉力赛，签约他跑了一场比赛。

拉力赛是这样的，参赛车辆必须严格按照比赛资料中规定的行驶路线，在规定的时间内，到达每一个封闭路段或维修区域，进行规定时间的维修，它考验的是一个车手团队的整体水平。

跑完一个路段，进入维修区，必须按时间出来，或早或晚都会被罚秒。那天阿利斯特的车子出了状况，剩下的时间一点儿一点儿减少，剩三分钟了，两分钟了，他的车还是没修好。其他车子准备好要出去了，他的车还在维修。所有人都非常紧张，只有他一个人，跷着二郎腿坐在那里，边吃东西，边跟周围人谈笑风生，一点儿都不着急。

这给我留下了非常深刻的印象。

我很好奇，为什么他可以这样，为什么他不着急。后来遇到很多国际的职业车手后，我才知道了答案。因为这已经不是他能力范围以内的事了，修车不是他能够控制的。比赛本来就是这样。比赛中，随时都会发生各种各样的状况，轮胎随时可能爆掉，发动机随时可能出问题，有可能辛辛苦苦用了好几个月改装的车，却因为车子里的一根电线、一个小螺丝钉或者一个贴片多拧了或者少拧了那么一转等种种微小的细节，导致你输掉比赛。遇到这种状况的时候非常多，很多职业赛车手在这个时候都是笑看风云，淡定自若。

而之前我每一次比赛，如果我的车有一点点状况发生，我就紧张得不得了，一直在旁边着急，催促“怎么办、怎么办、怎么办”。等车修好了，我就带着紧张着急的心情，匆匆出发去比赛，但是后面整个节奏就都乱掉。

真要感谢阿利斯特这些车手，他们让我学会了随时保持良好的心态。

后来比赛再遇到状况，我都不会再生气着急了。赛车是团队协作的竞技，大家都是尽全力做好自己的部分，那么你也要做好你自己的那一部分。当有些不是你能够掌控的事情发生时，就去平静面对它，不管结果是好是坏，接下来你还是得比赛，放松的心情，当然比紧张的情绪更适合做事。

随时保持好心态，让我最终受益匪浅。我的工作涉及很多领域，当然不可能每个领域都深入、专业，亲力亲为，所以很多都是与专业的朋友合作的。相信团队和他人，放手让人家去做，如果有需要我的地方，我可以参与，做最终决策，大家合力把事业做大做成。

心态，决定你对事情的认知。你希望自己能到一个什么样的位置？心态决定你的高度。这也是我一直在学习和改进的。我把它总结为：你不能控制的事情，那就随它去啦！交给专业，或者上帝。

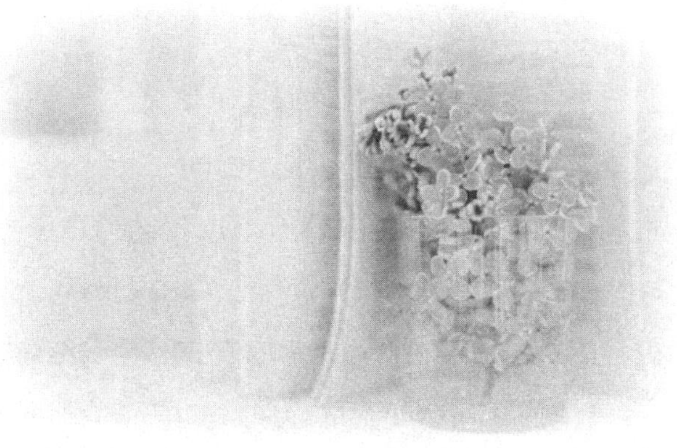

垃圾山上的“好莱坞先生”

沈　湘

他曾是名震好莱坞的金牌发行人，其业绩有目共睹：他将《泰坦尼克号》《星球大战前传1》《X战警》等巨片行销全球，成功赚得大把钞票。这个名利场上的钻石王老五原本过着非常惬意的生活。然而，一次前往亚洲度假，在当地的所见所闻，却让他再也无法安于奢华的富豪生活。他将豪宅、跑车、高级游艇通通变卖，就此投身公益，创办了柬埔寨儿童基金会，人生来了个180度大转弯。他就是斯科特·尼森，改变了他后半生的，是在柬埔寨首都金边垃圾山拾荒的贫穷孩子们！

一次旅行彻底改变了他

风光的生活背后，尼森总感觉生活中似乎少了什么，他对一位非常亲密的好友说：“人这辈子，应该做出点儿比拍电影更具意义的事情。”2003年，尼森飞离美国，准备骑摩托车横跨亚洲。

走到金边时，尼森停下了，他原本只打算在这个贫穷萧条的城市待几天，但亲切善良的柬埔寨人感动了他。他索性取消了剩下的行程，开始探索这座城市。

有一天，他在路上遇到一个行乞的小男孩。知道这孩子的家一贫如洗后，他自愿资助救济，帮他们付房租、买冰箱，还出钱让小孩儿去上学。两个星期后，他却发现这些东西全被小男孩的爸妈变卖，赌博喝酒去了。一个朋友建议他去金边市郊臭名昭著的上棉芷垃圾场看看。

看到这座垃圾山时，尼森忍不住流泪了：几百个人在有毒的垃圾中挑来拣去，寻找玻璃、五金和废纸，只求能换点钱活命。其中还有很多遭人遗弃的孩子，最小的只有2岁，生母再嫁，继父却拒绝养他。

他还看到一个瘦小的孩子，衣衫褴褛，通过翻译，他得知这个女孩叫瑞希，12岁，没上过学。这时，一个叫妮基的9岁女孩也走了过来听他说话。尼森问这两个女孩："我明天想见见你们的妈妈，我会给她们每人10美元，可以吗？"第二天，在金边观光区一家河岸咖啡厅，瑞希、妮基和她们的妈妈如约来了，两个孩子干干净净，简直像换了个人。尼森答应每月给两个妈妈50美元，前提是要让孩子们上学，不能逼她们去垃圾山工作。

看着两个小女孩大口大口地吃着生平第一次吃到的冰激凌，他扪心自问："要改变两个孩子的生活，难道就这么简单？"

当结束行程返回美国，飞机飞越金边上空时，尼森俯瞰这座城市，心想：救助他人，原来并不难。我拥有的财富太多了，而他们拥有的物质却少得可怜。那一刻，他做出个决定，既然经常要飞往国外谈生意，每个月不妨到金边停留几天。7个月后，他在金边租下一栋房屋，雇了几名员工，收容了12个无家可归的小孩儿，让他们不再捡拾垃圾、露宿街头。

尼森两边飞的生活并没有持续多久，一件事让他彻底结束了自己30年的电影事业。一天，尼森正在金边，早上收容所的几个孩子染上了伤寒，他焦急万分。电话突然响起，是某个明星的经纪人打来的，他们的欧洲宣传行程由尼森负责安排。"斯科特，不得了了！电影公司租的专机上没有我们指定的瓶装水和食物。问题不解决，我们就不上飞机。"

那一刻，他已经意识到，好莱坞离他越来越远了。

不久，尼森提出辞职，并卖掉自己所有的资产，就此跟好莱坞彻底道别，也跟保时捷、游艇、摩托车和高薪永久作别。他移居金边，开始全心投入帮助柬埔寨儿童的慈善事业。

需要帮助的孩子太多了

2004年，尼森出资10万美元成立柬埔寨儿童基金会，并租了一栋房子作为办公地点。为了省钱，他出门骑摩托车，晚上则睡在办公室的沙发上。但他要面对的远不止经济问题，还有一些事情让他很受挫折。许多孩子的父母会把他们从住宿学校中偷偷接走，让他们继续在垃圾山拾荒或在街边乞讨。

在尼森的努力下，基金会的救助工作慢慢走上了正轨，成效日益显著。起初，尼森只计划收容45个孩子，一年后救助的孩子已接近100人，两年后增加到200人。至今，基金会已在柬埔寨成立4所住宿教育中心，救助了700多个孩子，为他们提供食宿、医疗、教育与职业训练。

最近，美国专栏作家罗伯特·基纳来到金边，并写下一篇长文，讲述了他目睹的尼森和孩子们在一起的情景。

还没看到垃圾山，一股恶臭先扑鼻而来，空气中混杂着硫黄、腐肉和粪便的味道。这座垃圾山高达30米，占地11公顷。尼森和基纳一起爬上垃圾山。

“小心！”尼森边说边指着一根废弃的针筒，“不小心踩到，可能就会感染肝炎或艾滋病。”走在垃圾山上，让人感觉仿佛一失足就可能陷进流沙般的有毒泥淖。基纳站在顶端，朦胧的浓烟之中，看见几十名拾荒者，多半是小孩儿。而他们很多都光着脚丫子。又是日晒，又是脏污，这些人看来全身黑糊糊的。垃圾车队轰隆隆地开过来，车上满载着垃圾，后面紧跟着鱼贯而来的拾荒者，都在等垃圾倾倒下来后抢些好货。“那些开垃圾车的人很多都不长眼睛，”尼森说，“经常会有拾荒者被垃圾车撞死。”

尼森在这里很出名，看到他，孩子们一拥而上，调皮地大叫：“我要读书，带我去学校！”但需要帮助的孩童太多了。“说起来就让我感到心痛，真希望能帮助这里所有的小孩儿。”尼森说，在柬埔寨，儿童失学、贫穷的问题触目惊心，他想让这些孩子有机会脱离乞讨、拾荒甚至偷窃的悲惨命运，有机会通过教育，在这块土地上埋下希望的种子，并用勇气改变自己的未来。

他一边说着，一边单腿跪地，一个小孩儿坐到了他腿上，天真无邪地冲着他笑……

出门如见大宾

姜仲华

看到一个故事，久久难忘。

李昌镐8岁时，在田永善七段家做弟子，棋力已很不错。田老师开了一个棋社，一次有事外出，让李昌镐在棋社里替自己镇台。下午回来，看到李昌镐正襟危坐，和一位中年人下棋，他执白，让对方九个子。李昌镐把一枚枚白子挪到棋盘上，一点儿声音也没有，完全不像许多少年棋手那种锐气逼人、志在必得的样子。中年人的黑棋已经七零八落，一枚枚棋子毫无生机地躺在棋盘上，这是个漏洞百出的初学者。这种对局令田老师异常难受。作为棋手，他知道与一个低水平对手下棋的苦恼，看到对方思考半天也找不到正确的选点，自己的精彩棋法受不到任何抵抗，是一种莫大的痛苦。下这种棋，已完全失去了围棋争胜负的乐趣，他最不爱指导的就是这种爱好者。

但李昌镐还在认真思考对手的招法，脸上没有丝毫厌倦的表情。他胜局已定，可对方仍想救活一块块死棋，不厌其烦地尝试着各种可能性。棋结束时，黑棋一块也没有做活。田老师暗暗赞叹小昌镐超人的耐性，碰到低水平的爱好者，一般棋手在确认自己获胜时，很少能安安静静把棋下完。

看完这段故事，我油然想起《论语》里的一句话“出门如见大宾”。意思是，只要出门见人，就像见贵宾一样，谦恭地对待遇到的每个人。

与一位高手或者大人物下棋“如见大宾”并不难；难能可贵的是，与一个自己让九个子的普通人下棋，也“如见大宾”。8岁的李昌镐，在这个小节上，已彰显出“天下第一”的潜质。

“出门如见大宾”，是一种庄重的气象，是一种敬畏的态度，更是一种点点滴滴的修行。若能坚持这种修行，生命的境界会越升越高。

你可以不是豪门，但是要有门风与涵养

于 丹

最近我刚从台湾回来，作为同根同源的中华民族的后裔，我感受很深的是他们的教养。

在台北一家小店，我看中了一套非常漂亮的茶具，折合人民币两百多元。店主是一个胖胖的男孩，他骄傲地告诉我，这是他的团队自己设计的，获过台湾最高设计金奖。我请他给我包起来，他却认真地从里面抠出一个小茶杯说，这个杯子当摆设，设计感很强，但用来喝水会很烫，您考虑一下要不要。我遗憾地放弃了，又看中一个不到一百元的小茶海。他提醒我说："这不是台湾设计，我知道很多人来这里是要买台湾原创产品的。"他让我很惶惑："我说你还要不要卖东西？"他说："正因为我要卖东西，才要说清楚，否则我卖的东西烫了人，人家会说我不诚信，生意也不会长久，我是要开百年老店的。"最后，我买了一把非常好的柴烧壶，很贵，上千元。但我很高兴，因为我买到的是台湾最好的原产地的产品，他也很高兴，把东西包好送我出来。

站在外面的阳光下，我想，这个孩子吃亏吗？他因为说实话没有卖掉百十元的东西，但是我因为对他的尊敬和想要成全他做百年老店的意愿，最后买了一千多元的东西。诚信不吃亏，反而会有最好的长远未来！我很想调查一下，在大陆，有多少妈妈会觉得这样的孩子傻呢？

从台湾临走前我去88岁的大姨家吃饭。她通知亲戚们：小丹来了，大家都来。大姐一句话，弟弟妹妹什么事情都能放下。小舅妈七十好几了，在大姐面前像小媳妇一样毕恭毕敬；四十多岁的孙子，事业有成，看见奶奶下巴上粘了饭粒，会赶紧站起来给她擦掉；老人爱说车轱辘话，讲当年跟我妈妈的分别，讲1948年离开大陆的时候还惦记着后窗台上的一串糖葫芦……这故事光我都听了七八遍了，孙子们听的次数总有上百遍，但他们一言不发地看着老人，一点儿都不打断，那专注的样子就像第一次听。

我们总希望孩子学习高精尖的东西，但损失的是家教和门风，是做人的常识与底线。

有一次聚餐，朋友带着孩子。孩子爬上桌，像飞轮一样拼命转动菜台，什么好吃就往自己嘴里抢，大人根本没办法伸筷子。我问朋友：“你不管管孩子？”他说：“现代教育要解放天性，不能拿老一套束缚孩子。”他没有想过，一个孩子最后是要成为公民的，是要进入社会的，如果漠视别人的存在，当别人的权利受到伤害的时候，他的天性能保证他一生的幸福吗？如果一个孩子没有被自己的爹妈管教，那他被社会修理的时候会付出怎样的代价？

所以说，好门风能教我们做人的涵养。好门风一代一代地传承，能让我们在这个迅疾变化的时代里，找到内心不变的温暖，找到属于自己的真正的人生价值和秩序。

喝过一半的咖啡不能退

孙建勇

有个德国少年一直梦想着能在拜仁慕尼黑俱乐部踢球，因为拜仁慕尼黑是德国最成功的足球俱乐部。11岁那年，少年凭着出色的技术，向拜仁慕尼黑迈进了第一步——幸运地被选进俱乐部青训营。

在那里，少年非常勤奋，除了每日的足球训练之外，每周他还要坐火车往返于学校和训练场之间，以便完成中学学业。经过八年刻苦训练，少年在青训营中表现十分突出，在训练场上，跟巴拉克、马凯这样的球星对抗时，也常常不落下风。

少年的出色表现很快引起慕尼黑1860、斯图加特和霍芬海姆等俱乐部的关注，纷纷派出球探进行暗中考察，其中霍芬海姆表现出极大诚意，派出资深球探彼得斯密会少年。在一家咖啡馆，彼得斯开门见山，表示希望少年离开拜仁青训营加入霍芬海姆俱乐部，而且答应签一份薪酬丰厚的合同，许诺给他比在拜仁多得多的出场机会。

这样的条件的确非常诱人。要知道霍芬海姆当时可是一支正处在上升期的黑马球队，刚刚夺得德甲半程冠军，是很多崭露头角的青年球员做梦都想去的球队。再则，少年与拜仁的合同也即将到期，将来完全能够以自由之身堂而皇之地转会。

所以，彼得斯说出提议后，自信满满地望着少年，以他多年球探的经验，他认为眼前这个少年应该会很爽快地表示接受。可是，他的预感错了。少年并没有马上答复，而是端起面前的咖啡杯，喝了一大口，然后问彼得斯："您看，我这杯咖啡还能够退掉吗？"彼得斯摇摇头，说："当然不能，你已经喝了一半。"少年把手一摊，说："没错，对于我来说，拜仁就是这杯咖啡。"说完，少年站起身，头也不回地走了。彼得斯尴尬地望着他的背影，一脸沮丧。

事后，有一家消息灵通的媒体采访少年，问道："从目前看，你在拜仁所处的位置并不理想，而在霍芬海姆显然会好得多，可是，你拒绝了。宁做凤尾不当鸡头，你是怎么想的？"少年坦诚地说："霍芬海姆自然是一个不错的选择，但我在拜仁已经待了9年，在这里，我感觉一切都很好，今后我还期待能够在这里获得更多成就。"

拜仁慕尼黑的老板得知这背后的故事，对少年的忠诚十分赞赏，认为他是不可多得的"瑰宝"。很快，少年便得到了一份为期两年的新合同，并成为拜仁慕尼黑重点培养的球员。从此，少年的职业足球生涯一步一步走向辉煌，在2010年南非世界杯上，他成为最年轻的金靴奖得主；在2014年的巴西世界杯小组比赛中，他完成了本次世界杯第一次"帽子戏法"，带领德国队以4：0狂胜葡萄牙队。他就是德国足球巨星托马斯·穆勒。

拒绝诱惑，宁做凤尾不做鸡头，少年时期的托马斯·穆勒对拜仁慕尼黑俱乐部所表现出来的忠诚，无疑是一种非常可贵的品质，而这种品质正是他最终走向成功的基础。法国著名作家爱弥尔·左拉曾说："忠诚是通向荣誉之路。"是的，一个人只有具备对团队的忠诚，他才能全心全意地去为团队贡献力量，也才有可能创造奇迹，赢得荣誉。

让马云啧啧称赞的酒店

张建中

2015年7月的一天，马云和朋友们到澳大利亚堪培拉旅游。

傍晚时分，他们来到一个风景区，这里有家叫威迪森的酒店。这家酒店的环境和设备看起来挺不错，他们便来到酒店吧台进行登记，选择房间入住。当马云办好手续正要坐在沙发上稍作休息时，猛然看到吧台左侧靠墙角处，有一个人斜靠墙躺坐着，身后靠着一卷旧被子，还有一根2米多长的竹棍，顶端用白铁皮箍住。身体左侧的地上放着一件浅绿大衣，腿前边地上有一个没装多少东西的旅行包，挨着包的内侧有一个手提塑料盒子。只见那人上穿一件已褪色的花短袖衬衫，下穿一条牛仔短裤，脚穿白色厚袜和黑色网球鞋。上身袒胸露脐，右胳膊弯曲依傍在被卷上，右手顺势托着脑袋，左臂自然下垂，左手放在了右腿根处，手指下边压着几张单据，好像是住宿凭据。那人左腿伸直，右腿自然弯曲，一头卷曲的头发有些凌乱，他双眼微合，像是走累了，在那里小憩。马云见这么高级的酒店里，竟斜躺着这样一个流浪汉模样的人，有失雅观，他就想上前去唤醒他，替他付款，让他到酒店客房里去住宿。

想到此，马云就走到那个人身旁，一边唤醒他，一边去拉他的胳膊，他喊了几声，那个人也不理他，无动于衷，马云就去拉他，一摸，原来那是个铜铸的塑像，马云不由一惊，这么酷的一个人竟然是假的，“哈哈哈……”马云禁不住大笑起来。

酒店服务员听到马云的笑声，知道他对这座塑像有了兴趣，就放下手边的活计，向马云等人讲起了这尊铜像的来历。

这家酒店的老板叫汤普森，10年前，他不惜花巨资把酒店建得十分豪华，想招徕大批有钱的顾客入住，以期在短时期内收回成本，并有所盈利。可是，事与愿违，酒店建成后，并没有如汤普森所想，不仅没有顾客盈门，反而是顾客时有时无，时多时少，酒店生意很不景气。汤普森十分焦急，他组织店员查找原因，还向有关专家咨询。经过一段时间的观察和仔细调查分析，他们发现，到这里入住的客人，大多是观光游览的游客，他们往往是奔波跋涉了一整天，人困马乏，衣冠不整，他们一看到或听说威迪森酒店如此漂亮、豪华，怕自己如此狼狈，会受到酒店的冷遇和拒绝，为少惹麻烦，这些顾客就都望而却步，另找他处了。

汤普森找到顾客离去的原因后，就仔细琢磨如何改变这一不利局面，如何既能让顾客感受体验到酒店的豪华舒适，又能感受到酒店不拘形象、平等待客、平易近人。于是，汤普森一边培训酒店工作人员，提高服务水平，要求他们热情对待每一位顾客，一边请雕塑艺术家，在酒店的顾客接待室雕塑了这尊栩栩如生的流浪汉塑像，其用意就是告诉顾客，不要怕自己的形象不佳，酒店会一视同仁热情招待。你看流浪汉我们都欢迎，您还怕什么？

这一招还真管用，一传十，十传百，威迪森酒店的流浪汉塑像和对顾客的诚意，很快被顾客所理解，大量的游客不再害怕自己的衣冠不整、形象不佳，纷纷入住该店，一时间顾客盈门，加上酒店的设施豪华漂亮，服务热情周到，在以后的日子里，威迪森酒店一直顾客盈门，生意十分红火。

马云听了服务员的生动介绍，也十分感慨，对汤普森的创意禁不住啧啧赞赏，正是他的一个好主意、好点子救活了自己的酒店。马云对此由衷地感慨道：“做企业不能光凭空想、一厢情愿，一定要从消费者的角度来考虑，为消费者着想，只有这样才会得到消费者的认可，从而占领市场。”

你的生命有什么可能

古　典

Lawn Chair Larry，1949年生于美国洛杉矶，童年的时候Larry很崇拜飞行员，所以他决定做一个飞行员，19岁那年拿到了美国空军地勤的通知书，就在这时，他接到家里电话，父亲因为卡车事故，当场身亡，他需要回去料理后事，不得不从学校退学回家。不知道你有没有这样的经历，你离命运之门那么近，你都摸到了门把手，甚至推开了一条缝，但是不知道冥冥之中什么原因你又被弹了回来，又被拉到现实中来，从此与这个梦想擦肩而过，再也没有遇到过。

当时 Larry回家之后浑浑噩噩地过了十五六年，在他35岁那年，他成了一位典型的卡车司机，母亲已经过世了，他独自生活。只要不开车，他就会在家里面的后院摆一个躺椅，坐在上面，打开一罐啤酒，看着天。他家里的屋顶正好是洛杉矶飞机降落的航道，看到飞机飞过，在蓝天中间留下两道白烟，然后慢慢地散开去，然后轰鸣声传下来，Larry就会盯着两道白烟看很久，然后会猛灌一口啤酒，和周围人说：“你看见了吗？那就是我的梦想，但是，我再也上不去了。”

这样的生活过了三年多，Larry突然有一个疯狂的想法，他从商店里面买了很多直径为3.6米的大气球，充上氦气，自己坐在所有气球里面，然后把躺椅加上很多的水袋和沙包保持平衡，让气球不至于飞起来，他在花园里面钉了一个桩子，把躺椅固定在草地上，然后在躺椅上做了三个皮带，把自己固定到躺椅上。

在一个风和日丽的下午3点半，他又坐在躺椅上面，把气球充好气，把三条皮带加固，背上一个书包，书包里面都是牛肉、三明治和啤酒，他还带了一把枪，飞上去之后可以用来打爆气球，一切准备停当，他拿出一把刀，割断绳子，这个躺椅就带着Larry真的飞起来了。Larry一开始以为这个躺椅只会在离地面十五六米的地方飘一会儿，然后他就把气球打爆，就算是完成自己的飞行梦了。

他没有想到气球以每分钟45英尺（13.7米）的速度迅速上升，根本停不下来，这时候Larry赶紧把电台打开，联系航站楼，说："我是坐在躺椅上面，我在航道上面。"航站楼认为这是个笑话就挂掉了电台。这时候至少有两名过往的飞机上的飞行员看到了Larry，塔台才意识到那不是个笑话，于是重新连接了Larry，当他的气球徐徐下落的时候，小孩子们奔跑说天上有气球，大人开着汽车追，后面有一群记者开着车不断地拍他，后面还跟着一辆警车，准备逮捕他，而整个洛杉矶地区为了迎接英雄的归来，怕气球挂到电线，整座城市停了15分钟的电，然后Larry最终停到一家的屋顶上。

有记者采访Larry："Hi，Larry， are you scared?（你不害怕吗？）"你猜Larry怎么说？"I' m so scared.（我怕死了。）"记者说："Why?（为什么呢？）"Larry说："If you have a dream, you have to do something about it.（因为人不能坐着无所事事，如果你有一个梦想，你要为它做一些什么。）"而所谓的梦想不是你觉得一马平川的东西，而是你觉得很害怕，却依然要去做的事情。人不能无所事事，如果你有梦想，你也总能为它做一些什么。

有一天，当你慢慢做了很多人生实验，当你想清楚自己想要什么，当你常作不死，当你活得精彩、活得认真，跟自己比的时候，你的人生就会散发出无限的可能。祝你们的人生有无限的可能。

“逆袭”惊艳我们的不是成功，而是向上的姿态

李筱懿

朋友知道我喜欢梁凤仪。

她是华人世界最富有的才女，一支笔打造出几亿资产——成功创业、才华横溢、嫁入豪门，女人所有的梦想，她几乎都实现了。

她选择爱的人结婚，丈夫黄宜弘是香港商界翘楚。

梁凤仪的第一本小说名叫《尽在不言中》，出版时她已经39岁，那时，她的第一次婚姻结束。

朋友问我，如果梁凤仪没有后来“逆袭”成功，没有嫁入豪门，就是个普普通通的中年妇女，你还会佩服她吗？

我也很认真地说，即便她是一个平凡女性，我知道她的经历依旧会打心眼儿里佩服——仅仅凭她敢于39岁辞职挑战新领域，并且一生不肯与自己不喜欢的人合作，就已经让我刮目。

甚至我深信，从来没有什么所谓的“逆袭”，那些柳暗花明的转折，都倚着背后“尽在不言中”的执着。

可是，那些走过黑暗的人，往往不是凭着“总有一天光明会来到”的天真，而是做好了“或许永远都不会好起来”的决绝，所以，他们才能够保持耐力、精力和体力与黯淡的生活长久共处。

难得的是，即便如此，她和前夫何文汇也没有形同陌路，他让她洞悉了自己的弱点和错误，他们把对旧伴侣的感念转变为亲情，梁凤仪小说封面上的书名，大多由何文汇题字，由她的作品改编的电视剧，很多主题曲由何文汇填词。

多年后，梁凤仪谈到这段前情，说了六个字：情已远，恩尚在。

懂得反省和感恩的女子，做什么都不会太差。

而她和黄宜弘的婚姻，却是被一场灾难加速。

独居的梁凤仪回家后遭遇两个蒙面绑匪的侵袭，周旋近八个小时终于被释放，之后，绑匪打电话勒索，她不断拖延时间，让警方追踪到隐匿位置将其抓获。

她全程没有掉过一滴泪。

相反，从美国出差回来的黄宜弘闻讯后，却落了泪："男人爱女人，就应该有能力保护她。我没有做到，所以我不配说爱你。"绑匪被公审时，黄宜弘坚决不让梁凤仪去法庭，不愿意她记住坏人的相貌成为终生阴影，他说："我去盯着他们，看清楚他们的模样，保证以后绝不让他们接近你。"

他说到做到，放下手头工作，每次开庭都坐在前面盯着绑匪，连续两周，直到审判结束。

她后来说："感情需要经过能表现品格和深刻地爱护对方的难忘事件孕育出来，才值得生死相许。"

这场磨难，加深了两个人的依恋，相恋数年之后终成夫妻。

感情上的良性循环激发了她的创作才情，她开始创造另一个奇迹：每天写15000字的小说，每个月出两本书。

在很多人每天阅读量都达不到15000字的时候，她居然能够每天创作15000字。

所以，看看那些逆势而上咸鱼翻身的人吧，他们其实都特别善于把命运踢过来的冷板凳坐热。

他们把痛苦像糖一样吃掉，在最艰难的时候还能对着世界微笑，这样的人即便达不到通俗意义上的“成功”，也足以令人尊敬，那种就算“墩个地洗个碗”也比百分之九十的人优秀的认真和坚持，最终让他们释放出光彩——优质普通人温婉的光芒，或者明星们耀眼的灿烂。

所以，这根本不是“逆袭”，而是他们顺理成章应该有的收获，那些“逆袭”的人，惊艳我们的并不是他们的成功，而是他们始终保持的向上的姿态。

德国的超级富豪超低调

［英］埃蒂芬·埃文斯

卡尔·阿尔布雷希特去世后，在将近一个星期之内都没有发讣告，只举行了一个小型的私人葬礼。他与弟弟特奥将母亲在鲁尔区内的一家小杂货店变成了世界上最大的连锁超市之一——阿尔迪，但这位超级商业大亨的各种习惯和想法却鲜为人知。为了做讣闻，德国的报纸只能找到他于1953年和1971年发表过的乏味声明。

他不是一位健谈的公众人物。他种植兰花，打高尔夫球，却是在他自己的私人高尔夫球场里打。由于缺少公众活动，有关他的一切就成了一种传奇。据其前雇员说，两兄弟记账仍然用旧铅笔头儿，有些铅笔头儿短到几乎都无法抓住了。据说，有一次，在设计一家新店时，他们对建筑师说他们使用的设计图纸太厚了。

正是这种节俭将阿尔布雷希特兄弟送上了超级富豪之路。二战之后，他们接手母亲的杂货店，成立了一家公司，取名为阿尔迪。他们将费用降到最低，自行分发广告，依靠低价赚取声誉。当时，甚至连货架都被认为是太浪费了，用货架就得将商品上架，这就意味着要有商品上架工人，也就是说要付出工资。

据德国媒体报道，1971年特奥被绑架后，卡尔跟绑匪谈判数天后，付了赎金，神奇的是，据说他试图用这笔赎金抵销税款。

如果说卡尔·阿尔布雷希特是隐形的，那么其对手——利德尔连锁超市的首席执行官迪特尔·施瓦茨可能就是无形的。世上可以找到的他的照片只有两张，而且其中的一张还是黑白照片。他在全球富人榜上排第25位，但他圈子外的人，没有谁知道他的任何所做所想。

拥有宝马汽车公司的匡特家族也如此。其产品是炫耀性消费的一种象征，但他们却是不炫耀和缄默的象征。

赫伯特·匡特让宝马成为豪车巨人，其女儿苏珊娜·克拉滕拥有宝马公司12.5%的股份。加上她在其他生意上的收益，她成为世上排名第44位最富的人，却仍然是一位低调的女性。她在一家宝马厂从底层学徒做起，而且用的是假名。直到订下婚约，她所嫁的男人才知道她的真实身份。

这一切，都诱人做出这样一个结论：德国的超级富豪都是沉默寡言的。

在美国和英国，商人是公众生活的一部分：沃伦·巴菲特召开新闻发布会；比尔·盖茨周游世界，大张旗鼓地实施措施以防疾病。美国每个城市都有以当地富商命名的博物馆、医学科研中心或大学院系。但德国人处理钱财的方式是让钱财沉默。因为节俭是一种美德，是关系到品行的问题。

德国不是一个年轻富豪开着豪车四处咆哮以证明自己的地方，这里的富豪制造保时捷和宝马，却让他人驾驶着它们去炫耀。有数据表明，德国的私人财富的分布比欧元区任何一个国家都更不均匀，其中1%最富有的人群平均拥有100万欧元的个人财富，而3/4的成年德国人没有任何财富，甚至欠债。也许正是因为有钱人保持低调，德国这种严重的贫富不均现象并没有展现出来。

作为读者的扎克伯格

龙 隐

2015年伊始，Facebook的创始人兼首席执行官马克·扎克伯格在其主页写下了新年计划：2015年，我的挑战是每两周读一本新书——着重于学习不同文化、信仰、历史和科技。在美国东部时间1月2日午夜，他贴出的第一本书就是莫伊塞斯·纳伊姆的《权力的终结》，仅3天时间，该书就在亚马逊售罄，据美国《出版周刊》统计，经扎克伯格推荐之后该书卖出了1.3万册。出版商今后可能得密切关注扎克伯格挑选的每一本书，一旦他们出版的图书被选中，一定会加印。

世界正在变得更好

强大的名人效应让美国媒体断言，这位年轻的CEO已足以取代“读书俱乐部女皇”奥普拉的位置成为新的出版业“白马王子”。扎克伯格的Facebook个人主页的粉丝数量有2300多万，是奥普拉粉丝数量的两倍多呢。

但更有趣的是马克·扎克伯格作为一个读者的新肖像。他非常勤奋，作为这个星球上最流行的社交网站的CEO，他的时间表肯定非常满，不过他还是强迫自己两周内读完一本书，并且邀请“好友”一起参与讨论。

因为他选择的第二本书《人性中的善良天使》英文版有830多页，所以他决定在四周内看完。在美国，一般的读书俱乐部要求会员一个月读完一本书，即使如此也没有几个人能完成。

这两本书的作者都是当代著名的思想家，《权力的终结》的作者莫伊塞斯·纳伊姆曾担任《外交政策》杂志主编十余年，还曾担任委内瑞拉贸易和工业部部长及世界银行执行董事。《权力的终结》曾被《金融时报》评选为“年度最佳图书”，受到美国前总统克林顿、国际金融大鳄索罗斯等人的推荐。这本书认为当前世界的趋势是，传统上由政府、军队、教会和其他组织所拥有的权力将加速向个人转移。

《人性中的善良天使》的书名取自林肯总统第一次就职宣言的最后几个词。该书的作者斯蒂芬·平克是公认的“继乔姆斯基之后的语言天才”，该书认为暴力行为在现代已经减少，世界已经变得更有人性。扎克伯格推荐此书正值1月7日巴黎枪击案发生之后，扎克伯格写道：“这是一本及时出现的好书，它贯穿历史，阐述了暴力为何以及如何稳步下降，以及我们应如何保持这种趋势。”

这两本书都因为其乐观主义精神而被广泛争论，“世界正在变得更好”这样的命题从来不受出版业欢迎，部分原因在于，购买严肃非虚构类书籍的读者往往是40多岁的男性，他们对人世少了很多玫瑰色看法。与之相反，美国梦破碎，世界越来越不平等的书籍才会受到他们的关注。不过扎克伯格的书单甫出，不到一天，在亚马逊网站上，《人性中的善良天使》的排名由原来的第7514位，跳升至第307位。

也许在读过两本大部头的难啃书籍之后扎克伯格想轻松一下，所以之后的两本书都相对简单，《黑帮老大的一天》是非常好看的一本社会学著作，作者是哥伦比亚大学的素德·文卡特斯教授。他为了研究都市贫困现象，拿着问卷走入了被校方和政府警告为“极度危险”的黑人贫困社区。结果认识了这里的黑帮老大，并且成为莫逆之交，通过黑帮头子的带领，文卡特斯进出芝加哥最恶名昭著的贫民窟，结识了当地毒贩、皮条客、娼妓、社会福利机构人员、警察、官员……《黑帮老大的一天》呈现了一个真实的黑帮生活和生存法则。

扎克伯格书单上接下来的是美国作家欧拉·比斯的《免疫》，这是2014年《纽约时报》的十大好书之一。作者在自己初为人母经历的基础上展开深入研究。该书告诉读者对疫苗的恐惧显示了我们对于纯正、污染与相关性的深层焦虑。本书集回忆录、新闻写作和文艺评论于一身，涉及心理、历史和社会学等多个领域。

阅读能使人智力得以充实

扎克伯格的第五本书已经有了中文版：艾德·卡特姆的《创新公司》。扎克伯格说，这本书是皮克斯公司的创始人自己写的，讲述了他如何建立了一种能够激发创造力的文化。扎克伯格认为，人们从根本上都是具有创新性的，但现实中有很多阻力妨碍将工作做到最好。

接下来的几本书有了中文版，第六本是《科学革命的结构》，托马斯·库恩所著。这是本科学史书，它探讨了科学技术的进步究竟是不断向前还是在社会各种力量的作用下突然发生的问题。扎克伯格说，我倾向于认为科学是一股对世界有益的、持续的力量。我相信如果我们在科学和研究上投入更多，并去实践科研的成果，人类会受益于此，变得更加富足。

扎克伯格书单上的第七本是有繁体中文版的，是崔时英的《理性的仪式》。这本书告诉了我们“常识”的概念，以及人们处理问题时，不仅基于各自懂得什么，也需要知道别人知道什么和那些大家共享的常识。对于设计社交媒体，这是一个重要的概念。

扎克伯格的第十一本书也有中译本，伊本·赫勒墩所著的《历史绪论》。这是一本关于世界历史的书，它是由一位生活在14世纪的智者所写。它关注社会和文化是怎样向前发展的，其中包括城市、政治、商业和科学的出现。第十二本书是以色列历史学者尤瓦尔·赫拉利的《人类简史：从动物到上帝》。目前这本书已售出20多个国家的版权。第十三本也是有中文版的伊恩·班克斯所著的《游戏玩家》，这本书设定在一个人类与机器共生的星际乌托邦。生活是如此闲适和自由，游戏理所应当地成为“文明”人最大的消遣。

扎克伯格对书籍的评论还受到了专业人士的嘲笑，确实，他的读书心得，读起来就像平庸的学期论文。但是，地球人都知道那家伙不是作家，所以他的追求让人感动。正如扎克伯格在新年读书计划中所说：“阅读能使人的智力得以充实。书籍能让人全身心且深度地了解一个论题，这优于当今大多数的媒介。我期待把我对媒体的关注转移至阅读。”也许，在一个人们的注意力被社交媒体过度压榨和碎片化的时代，回归阅读将成为重整心灵秩序的第一步。如果这追求来自社交媒体大亨，那意义将更加重大。

总在雪中送炭，不敢锦上添花

何 灵

你是喜欢雪中送炭呢？还是喜欢锦上添花？

这是关于人的生活哲学的一道问题，是在别人春风得意的时候再添上一把柴呢，还是在别人岌岌可危的时候伸出一只手？

喜欢雪中送炭的人应该是比较悲观的，总是把生命的磨难想在前面。喜欢锦上添花的相反，愿意把人生看作一次五彩斑斓的旅程。

我在答这道题的时候好为难，我也喜欢锦上添花的那种感觉，好像一切的好事都占上了那般的痛快，可是凭我一贯比较谨慎的人生态度，我又总是隐隐地相信过犹不及、乐极生悲的道理，如果贪心不足地硬要在上面加很多很多的花边蕾丝皱褶珠片的话，只怕会制造出一块虽然华丽却一钱不值的垃圾来。

所以，虽然我也喜欢锦上添花的那种感觉，后来想想，好像还是做雪中送炭的事情比较多。

就拿我们演话剧来说，年初的时候我应该要全力以赴地出专辑，却因为抵挡不住舞台的诱惑接下了这出剧，是叫好不叫座，虽然常常满场，其实票卖得很不好。很多朋友都来劝说别演了，太辛苦。每天面对大半场拿赠票进来的观众，心里也真是很不平衡。

演完那一波，我嗓子差不多哑了一个月，刚刚好起来的时候制作人来找我了，说前面的演出收成不好，还没收回成本，想再加演一轮。

其实那个时候我真的应该拒绝，专辑里还缺四首歌呢，一开演嗓子铁定哑，又录不了歌了，而且，还有好多好多其他事等着我做呢。

可是，看到制作人急切的表情，我那雪中送炭的劲儿就上来了。

“好，演！”我说。

结果，这次炭送得好，送出一块美丽的好锦来。我们在这一轮演出里创造了票房奇迹，九场演出场场爆满，一票难求，每天进剧场前，都会看到很多人拿着一摞钱问：“有富余票吗？”甚至180元的票在票贩子那里被叫到400元依然抢手。导演心情好得跑去门口跟票贩子聊天儿，票贩子明目张胆地说这几天挣疯了，又明目张胆地建议我们再加演一轮，说这么旺的人气不再接再厉真是可惜了。

“这么旺的人气，不再接再厉再来一轮，真是可惜了。”制作人有如票贩子附身地又来游说我。急切的心情更加急切，他告诉我说，现在成本都回来了，还小赚一点儿，每天都还有观众买不到票失望地回去了，为什么不再加演下去，肯定能延续票房奇迹，锦上添花！

我却不这么想，我琢磨着也许就是因为场数有限，才会有这样抢手的票房成绩，如果老演老演，真要演到没人买票了，那倒是没留下什么遗憾，可是也实在算不上什么完美的结局，想想就让人有种莫名无力的感觉。加上的确后面的工作已经差不多排满了，所以我很艰难地、连自己也不舍得地说：“演到这样，我们还是收吧……”

在最后那场谢幕的时候，我泪雨滂沱。所有这出剧带来的快乐、忧伤、紧张、满足、挑战和荣誉都挤上心头。看到台下同样落泪的观众，百感交集。我真的会很想念很想念这个舞台，可是我也不后悔不再锦上添花的决定，不然，这一刻，怎么会有这样的感动？

我就是这样，总是做着雪中送炭的事情，每回要锦上添花倒是会反复掂量掂量。就像这篇文章，如果再有个风趣幽默或者升华煽情的结尾，绝对是锦上添花的事情，可是我反复琢磨，决定见好就收，就在上一段戛然而止，后面这节，你就当没看到吧！

苏珊大妈的梦想自白

［英］苏珊·博伊尔

童年：爱尖叫的卷毛头

我的故事真正始于1961年4月1日，我出生的那天。

我在保育箱里待了几周后，医生才允许父母带我回家。他们说，围生期缺氧可能会让我的大脑受到点儿影响，“最好接受这个事实，苏珊可能不会有所成就，所以不要对她期望太高”。

我相信，他们是出于好意，但我认为他们不该那么说，因为没有人能预言未来。

他们不知道，我是个充满斗志的人，我一生都在努力证明他们看错了。

小时候，我经常被父母带到医院复诊，每当临近下一次体检的预约日期时，家里的气氛都会发生变化。我那过去总是边做家务边唱歌的母亲，开始变得沉默寡言，我向她提问时，她也变得特别有耐心。我还受过矫正牙齿之苦，很晚才学会走路。我在爱丁堡皇家儿童医院做过许多身体检查，包括因为疑似脑膜炎而做的腰椎穿刺，还因为癫痫而进行过脑部扫描。

我被诊断出有多动症，还有学习困难症，因为我很容易分散注意力。

拿今天的话说，这可能叫注意缺陷多动障碍，但在60年代，人们这方面知识匮乏，多动症往往会被当成精神病那样治疗。我坚信，他们给我打上那样的标签绝对大错特错，因为我父母对这种疾病心有余悸。在那些年月里，学习困难症还被看作是件耻辱的事。

母亲：苏珊你给我站起来

母亲照顾了我人生的大半辈子，她是我的守护者，就像磐石一般给我依靠。

2006年的圣诞，妈妈告诉我，这会是她最后一个圣诞节。“苏珊，我活不了多久了，”她告诉我，“我希望你能照管好这个房子，照顾好小猫‘鹅卵石’，还有记住，你是我肚子里出来的。”

我一直没有理解她为什么要说最后那句话。我想她是想告诉我，要跟她一样坚强。

“答应我，你会做些有意义的事情来度过人生。”她说。

母亲一直很爱听我唱歌，但是，她现在也不会再听我唱歌了，所以我也不再唱了。

墙上挂着的画是妈妈照着我小时候的一张照片画的，画中我还坐在一部童车里。有一天，我开始想，如果妈妈看到我现在的状态，会说什么？

答案清晰地传来，就仿佛她对着我的耳边说话：“苏珊！赶快给我站起来，做点儿什么！”

英国达人秀：那晚发生了什么

海选前那个晚上无比漫长，胃里翻江倒海了一整夜。晚上7点半，我终于听到了工作人员报我的名字。那一整天，我其实都没怎么感到紧张，但现在，我心里突然如小鹿乱撞。等了那么久，突然我就没有时间了。我告诉主持人我斗志正旺。但事实上我双手直抖，口干舌燥，很想上厕所。

我对自己说："好吧，你要么厚着脸皮表演，要么紧张得在众人面前丢脸，但看在老天的分儿上，不管怎样，你现在都得上台去！"于是，我大踏步上了台，双手紧贴屁股——这个来自布莱克本的老娘们儿，顶着鸟窝头，穿着金色连衣裙，双膝打着战就这么登台了。

我听见观众群中传来几声嬉笑。我意识到，已经有人开始嘲笑我了，但我这辈子被嘲笑的次数太多了，因此很擅长冷面置之。我要唱音乐剧《悲惨世界》中的插曲《我曾有梦》。因为我觉得这首歌说出了我的感受。我刚失去了母亲，仍然面对凄凉孤单的未来无所适从。我很寂寞，也很沮丧，因为我觉得我的生活不会改变了。这是一首很有力量的歌曲。

于是我张开嘴巴，开始歌唱……

第一个发言的是皮尔斯："毫无疑问的是，你是我参与这个节目三年来见过的最大惊喜。之前你站在这里，大言不惭地笑着说'我想成为忆莲·佩姬那样的明星'时，所有人都在讥笑你的不自量力。但是现在，再也不会有人嘲笑你了……"

这段话到了我的耳朵里，只剩下"所有人都在讥笑你"。

一巴掌就把我从天上打落到地狱。

第二个说话的是阿曼达·霍尔登："在所有人都不看好你的情况下，你今天的表现实在令我太激动了。我真诚地相信，我们所有人都会反省不该以貌取人……"

我只听见了"所有人都不看好你"。

又是一记重拳。

最恐怖的就是听西蒙的评语了，因为他总是毫不留情地说出真相。他说："苏珊，从你站上舞台的那一刻起，我就知道我们将大饱耳福。我猜得一点儿都没错！"

“噢，西蒙！”我心里的大石头终于落地，他竟然说得那么幽默，毫不苛刻。

“你是只小老虎，我说得没错吧？”

“我也不知道啊。”我含糊地回答着，还傻气地扭动了一下，真希望大家没误会我的傻动作。

皮尔斯率先表态：“我给她评审生涯中最毫无保留的一票支持！”

我又做出了令自己不敢相信的一件事，我竟然又给了他一记飞吻。

然后阿曼达说：“晋级，毫无疑问！”

剩余不多的理智告诉我，根据比赛规则，获得两票支持就意味着我将晋级下一轮选拔。

“你确定，阿曼达？”我迟疑地说。

然后西蒙说：“苏珊·博伊尔，高昂起你的脑袋，回到你的小村庄去吧，三票支持通过！”

事实上他说的我一点儿都没听到，因为整个剧院再次沸腾了，我激动得手舞足蹈，但随即想起自己还在舞台上，好歹也该有些淑女的模样，于是赶忙微微屈膝，行了个礼。

在清晨的寒意中，我瑟瑟发抖地推开家门，打开门厅的灯。“鹅卵石”跑来蹭着我的双腿打转，我们进了厨房，我给它盛上晚了很久的晚饭。然后打开暖气，陷进沙发里。终于可以脱掉高跟鞋，动一下酸胀的脚指头。我已经筋疲力尽了，却还不想上床去睡觉，生怕闭上眼睛再次醒来时，发现这一切不过是一场梦。

吃完晚餐后，“鹅卵石”溜进房间，跳上了我的大腿。

“你绝对猜不到我今天干了些什么。”我轻轻地说，捋着它背上的毛。等到它眯起眼睛进入梦乡之后，我告诉了它今天发生过的所有的事。

张越：胖亦能立

张　越

我天生就胖，刚刚十来岁时，走在街上，就有人窃窃私语：“嘿，那姑娘真够胖的呀！”习惯了那些灼热的目光后，我最大的愿望就是所有的人都看不见我，于是专门穿黑色和灰色的衣服，想把自己隐藏起来。

从首都师大中文系毕业后，我做了中学老师。我对异性的吸引力接近于零。有位老大姐劝我：“你该减肥了，要不都成老姑娘了。”我决定好好减肥。

我的减肥是一场闹剧。十个胖人里，有九个都是贪吃的。

也不知道减肥产品遇上美食后发生了何种奇妙的化学变化，过了一个月，我胖了两斤。

据说烟民多半胖不了，我连咳嗽带喷嚏地学会了抽烟。抽了一个月，又胖了三斤，我的月开支多出几百元。

听说喝红酒有助于减肥，我开始喝。一个月十瓶红酒都打不住，我酒量见长。

我紧急叫停了减肥计划，不得不想办法赚外快来支付那些额外的账单。电视台的朋友让我写点儿小品本子试试，这一试，就试出了名堂。我的第一个小品在《艺苑风景线》播出，导演、制片觉得还行，于是春节晚会的小品也让我写起来。

一次跟朋友去歌厅小坐，我见到一个女歌手在唱一首叫《雪域光芒》的歌，歌喉很美妙，可看看她本人，比我还胖。朋友说，那个歌手叫韩红，因为肥胖，没有歌舞团要她，只好在歌厅唱歌。那一刻，我觉得什么东西触动了我的某根神经。她唱完，我点了个花篮送给她。不一会儿，韩红拿着一瓶啤酒过来谢我，说这是她唱歌以来收到的第一个花篮。我说："我们都是重量级人物，迟早有一天，会在万众瞩目之下面对面……"

回家后，我觉得自己不能在中学里混吃等死了。胖，怎么了？我的斗志第一次熊熊燃烧起来！

那时，《半边天》栏目有个小板块叫《梦想成真》，拍摄一些女性在一天内实现梦想的过程。那些女性不是想当歌星就是想当模特儿。有人推荐说："有个叫张越的胖女人想当厨子。"导演乐坏了，与我一拍即合。

我对美食从骨子里透出来的含情脉脉，让我的表演出尽风头。导演夸我的表演松弛且有灵性，问我是否愿意转行做主持人，愿意，当然愿意！胖怎么了？我就要做一个最好的胖主持人！

第一期节目，我就把韩红作为嘉宾请进了中央电视台的录播间。我要让所有人看看，除了那些卖相好的歌手和主持人，还有我跟韩红这样卖相不佳但内秀的人物存在。

很多人说我主持节目有"江湖气"，但是效果非常不错。就这样，我在央视坐稳了位置。

事业上的成就给了我很足的底气。

我不再惧怕和别人在一起，穿大红大绿的衣服，做各种夸张的手势，用大嗓门儿说话。我一度醉心于此：在电视上到处露脸，今天谈做饭、明天说香水、后天侃就业、大后天聊女权主义……我觉得我有无穷的精力和创造力，无穷的体力。

后来，一个著名杂志专门撰文对我形象的混乱和四处露面表示了严重的质疑和批评。

我承认我那段时间是晕眩了——我以前是那么自卑的一个人，突然之间得意了，就觉得特别美。

有了这记警醒，我发现了自己的无聊与无趣，发现了从众的盲目与空虚。我开始远离喧哗浮躁的场景，用批评的眼光反省自己，审视声名与事业、人情与爱情、男人和女人，试着用自己的语言表达出自己的内心感受与意见，慢慢地把性格锻炼成个性。

在流俗之后，我终于把自己立了起来！

让《变形金刚》喝中国牛奶的女人

赵喜斌

众人期待的《变形金刚3》中，不仅有国外的品牌广告植入，中国的几家企业也搭上了顺风车，在影片中大秀了一下自己的产品。在《变形金刚3》中有某电视、某服装、某电脑以及某牛奶等四个中国品牌植入。某中国品牌牛奶更被网友称为“最牛植入”，因为该牛奶在片中有中文包装、有台词植入，出场长达10秒钟。而将这些中国品牌植入美国大片的行为，都是由一个名为影工场的公司所为，它还仅仅是一家只有7个人的小公司。

《变形金刚2》时就有中国企业想植入

位于东四环外的影工场娱乐营销公司，刘思汝在不停地接着电话，英语和汉语在她的口中熟练地变换。在创办影工场前，刘思汝一直从事着影片推广营销的工作，曾在美国洛杉矶工作过5年，好莱坞对她来说并不陌生。

她是在去年《变形金刚2》中，第一次在美国的大片里植入中国广告。一个服装品牌找到了刘思汝，想将自己的品牌植入《变形金刚2》中，但是当刘思汝接手时，《变形金刚2》拍摄已接近完成，最后只是在影片中加入企业LOGO（商标）这种简单的合作模式。广告植入之后，刘思汝并没有在意，企业却认为效果很好，当《变形金刚3》筹拍时，那家服装企业又找到了刘思汝。

刘思汝考虑到以往的工作经历，以及眼前送上门的生意，于是她创立了影工场。

大黄蜂喝了牛奶更有力量?

在2010年年底《变形金刚3》剧本出来后，影工场成功拿到了影片在中国的全权代理。刘思汝直接与《变形金刚3》制片方沟通、谈判植入广告事宜。

刘思汝表示，这一次中国企业不满足于仅露个LOGO（商标）那种生硬植入，都要求玩新花样，有的要求近乎苛刻，确实令制片方“大伤脑筋”。

“比如一家牛奶企业想让大黄蜂喝了牛奶后变得力大无比。”刘思汝说，导演认为这种奶在北美根本没有销售，不过他没有断然拒绝，因为影片中刚好有一个华裔角色。经过多次会谈，迈克尔·贝接受了此种假定：这位华裔喜欢中国的饮料，并且会去唐人街特地找该品牌的奶来喝。

植入费每秒6000万?

刘思汝说，为了在《变形金刚3》中植入中国品牌，导演、制片人、影工场以及品牌公司进行了多次“四方电话会谈”。刘思汝将这种沟通定义为桥梁式的，就是在企业和制片方之间找到一个平衡点。

对于传言的每秒6000万的植入费，刘思汝笑着说：“怎么会有那么高啊？”她告诉记者，这次的植入和国产大片的价格没有太大差异，好莱坞大片植入广告费用的高低，主要是看时长和植入深度的要求。

先有高目标还得脚踏实地

刘思汝每天都能接到很多企业打来的电话，咨询他们在操作的下一部电影，打算将品牌植入电影中。刘思汝也会和客户讨论“怎么植入”“植入到什么片子里”，“这些很重要，如果非常不搭界，就很难做到。在这种基础上，再去讨论如何创意。”刘思汝也时常关注、跟踪影迷和企业的评价。

刘思汝说，目前在运作的《特种部队2》《马达加斯加3》等影片让她应接不暇。

对于突如其来的客户和采访，刘思汝说：“这完全源自大家的固有思维，很多人都认为，我们这样小规模的公司，怎么会把广告植入好莱坞的大片里，因为大家从来都没有想过这事。”

“阅后即焚”之父：很牛很酷很拽

董　婧

Snapchat（中文译为“阅后即焚”）是这样一款聊天软件：我发送给你的照片、视频、文本会在你浏览后10秒钟内自动删除，不留痕迹，如果你截屏保存，我一定会知道。人们的第一反应通常是，这有啥用呢？当然有用！它的功能相当于你跟小伙伴在课堂上传的“小字条”，即便被老师发现也不用担心留下证据，或者用它来跟最亲密的人分享“艳照”，父母根本无从监督。你一定在摇头叹气，真是熊孩子的玩意儿！没错，Snapchat的发明者正是两个熊孩子。

埃文·斯皮格尔，24岁；博比·墨菲，26岁。两个人是斯坦福大学校友、Snapchat的联合创始人，前者是该公司的CEO，地地道道的硅谷新贵，人称“90后新扎克伯格”。他与前辈老扎（真可怕，1984年生的马克·扎克伯格已经算前辈了）之间还有段有趣的故事呢。15个月前，扎克伯格给斯皮格尔发了封私人邮件：“到门洛帕克来，让我们彼此认识一下。”斯皮格尔回复：“我很乐意与你见面……前提是你来见我。”于是老扎只得颠颠地飞往洛杉矶跟这个熊孩子见面。老扎现场演示了Facebook的新产品Poke，同样是分享照片的移动应用，同样可以自动销毁照片——这款明显的山寨之作仅用12天就研发出来了，还是由扎克伯格亲自参与撰写的代码，这无疑表明了老扎的态度：我将彻底摧毁你们，除非你们愿意接受我的收购。自负满满的斯皮格尔傻了眼，默默回到办公室，当即决定为6位员工每人订购一本《孙子兵法》。而研习得出的结论是：坚决不卖，因为他们的目标是推翻现有的社交媒体权贵。

2012年12月21日，Poke上线，扎克伯格和斯皮格尔之间的战役正式打响，仅用3天就决出了胜负——Snapchat在APP Store的下载量是头名，而Poke跌出了前30名。支持Snapchat的是13～23岁的熊孩子大军，他们纷纷表示，Facebook以大欺小的行径太恶劣了，而且Facebook又是父母“监视”自己的主要阵地。青春期的叛逆力量帮助斯皮格尔一战成名，现在每天都有4亿张照片通过Snapchat发送，斯皮格尔的得意之情真是溢于言表。

毕竟，斯皮格尔骨子里就是那么自负。他是典型的精英二代，父母都是成功的律师，尽管后来离了婚，但他从小的生活可以用奢华无度来形容，独自住着价值210万美元的豪宅，出入开宝马，有一个超模女朋友，简直就是纨绔子弟的形象！但同时，他从小是个电脑迷，学业出众，高中毕业后考上了斯坦福大学，在对面宿舍他结识了来自公务员家庭，“像僧侣一样气定神闲”的博比·墨菲，他们一拍即合，约定了一起“造一些很酷的东西”。

现在距很酷的Snapchat上线已有两年多，刚刚完成6000万美元的融资。硅谷的多家风投对Snapchat蜂拥而至，Facebook和谷歌曾先后提出30亿美元和40亿美元的收购价，结局当然是遭到拒绝。斯皮格尔把下一个最强劲的竞争对手圈定为中国的微信和日本的Line。很多人都说斯皮格尔太自大，因为对于一家还没有盈利的公司而言，40亿美元已经是做梦都想不到的天价。然而在雄心勃勃的斯皮格尔看来，Facebook和谷歌都已然老去，而Snapchat最可贵的一点就是它阅后即焚的特性能让90后、00后们找到释放自己的平台，说白了，年轻叛逆的属性使他和他的公司未来拥有无尽的可能。

总有一个梦想能在现实中开花

安 宁

他出生在意大利的一个农民家庭，父亲每天冒险骑马登上高高的雪山，采下大块冰，运到城里卖给富家大户，挣得几个小钱，维持一家人的生活。在他上小学，甚至是中学时，他常被同学恶意嘲谑为“窝囊废”，这些中伤的话，严重地刺伤了一颗少年的心，所以，从小他就体会到贫穷带来的艰难与屈辱。

在中学阶段的后期，他曾参加过校内戏剧演出，从那时起，他就对舞台产生了兴趣。他梦想自己将来能成为一名出色的舞蹈演员，在舞台上尽情展示舞姿。为此，16岁那年，他毅然做出了一个大胆的决定——退学，一个人跑到当时的大都市巴黎，希望自己能在这个时尚大舞台上用脚尖旋转出精彩人生。

可是，这座高傲的城市根本不屑瞟这个穷小子一眼，别说学习舞蹈的高昂学费了，就连满足生活的基本需求都成了问题。他没有别的特长，只有从小跟着父母学到的一点儿裁缝技术。凭着这点儿手艺，他在一家裁缝店找到了一份每天要做十多个小时的工作。

就这样做了几个月，他的心情越来越低落、颓废。他不知道自己在这个裁缝店要干多久，不知道自己什么时候才能登上梦想中的舞台。他苦闷于自己的理想无法实现，他认为与其这样痛苦地活着，还不如早早结束自己的生命。

就在他准备自杀的当晚，他突然想起了自己从小就崇拜的有着“芭蕾音乐之父”美誉的布德里，他决定给布德里写一封信，讲述自己的梦想遭现实阻挠无法实现的困惑。在信的最后，他写道，如果布德里不肯收他这个学生，他便只好为艺术献身跳河自尽了。很快，他便收到了布德里的回信。谁知，布德里并没提收他做学生的事，而是讲了他自己的人生经历。布德里说他小时候很想当科学家，也想当飞行员，还想成为一名牧师，但因为家境贫穷父母无法送他上学，他只得跟一个街头艺人过起了卖唱的生活……最后，他说，人生在世，现实与梦想总是有一定的距离，在梦想与现实生活中，人首先要选择生存，一个连自己的生命都不珍惜的人，是不配谈艺术的……

布德里的回信让他幡然醒悟，后来，他努力学习缝纫技术，并应聘于一家名叫“帕坎”的时装店。凭着勤奋和聪慧，他的服装设计技术提高得很快。为了进一步开阔视野，他又投奔由著名时装设计大师迪奥尔开设的“新貌”时装店。在这里，他增长了见识，积累了领导时装潮流的设计心得和体会，他的设计水平也得到了提高。这一年，著名艺术家让·科托克拍摄先锋影片《美女与野兽》，邀请他设计服装。他为法国著名演员让·马雷设计了12套服装，影片公映后，他设计的服装惊动了巴黎，美誉如潮。

那年，他23岁，在巴黎开始了自己的时装事业，建立了自己的公司和服装品牌。他追求独特的个性，大胆突破，设计了时代感非常强烈的“P”字牌服装，赢得了挑剔的巴黎顾客的青睐。演艺界名流、社会上层人士、达官贵人等争相慕名前来定制服装。

他就是皮尔·卡丹。

如今，皮尔·卡丹不但成了令人瞩目的亿万富翁，以他的名字命名的产品也遍及世界，皮尔·卡丹成了服装界成功的典范。

人的一生中可能有很多梦想，当一个梦想因现实的阻挠而无法实现时，就应该勇敢地调整梦想的方向。世界是一个大舞台，生旦净末丑都是重要的角色，只要你脚踏实地把握准梦想的方向，那么，总有一个梦想能在现实中开花，让你获得华美的人生！

《琅琊榜》里最聪明的人竟然是他

程　霄

金庸武侠小说里功夫最厉害的是扫地僧，连金庸自己都说过。而《琅琊榜》里其实最聪明的人却是他——皇帝身边的高公公。

梅长苏只不过用13年勾画了一场复仇，以及谋略布局了一场惊心动魄的风云，而他竟然历事三朝，终安享晚年，如果他不聪明，怎么能做到在这风云变化的场所一待这么长时间，而从不把自己夹裹其中，事事懂风向，知道如何拿捏？一个身在外搅动风云，一个身在内随风云而动，你觉得哪个厉害？

单单从电视剧实质看，其实这位身在内的才厉害，当然如果让梅长苏也身在内不一定就做不好，也可能做得非常之好。但这位可是始终不显山不露水的，用自己的方式来随着风云舞动，而毫发不伤，像个冲浪高手。就算风浪再大，他也平静自若，无论风向如何变化，他都能实时恰到好处地调整，保持自身安全。

这才是经历了诸多事情磨炼，懂得生活人性之人，洞察世事，最起码是高墙内的事非常洞悉。而且历三朝，陪伴君王，伴君如伴虎却依然能各种恰到好处。

这种功夫拿捏不是一般人能做到的。

他在其中似乎并不显眼，却又举足轻重，不显山不露水是人生高境界。

还记得他在剧末说的那句话吗？正宫娘娘说，起风了。他说，不，是这高墙内的风从来没有停过，一句话道明所有。历朝历代，宫廷内的风云从未停止，就算太平盛世，都有诸多搅弄风云者。本来就是个权力场，不角逐显示不出权力。

高公公历经三朝，几十年的光景，相比梅长苏的13年估计要更能洞察一切。

但也并不是说他能耐，而是说他的聪明与智慧，丝毫不输于任何人。伴君如伴虎，能了解身边的老虎，还能掌握朝堂风向，既能安稳自己，又不搅动事情，还能给他人安心，可不只是傻乎乎待在皇上身边就能做到的。

你可以说他没有梅长苏的赤子之心，没有他的鸿篇巨制的谋略布局，但不能不说他聪明非凡。

他可能做不了梅长苏的事情，但单凭宫中那些纷纷扰扰的各种复杂关系，竟能处理得让自己清白，已经很不容易。

所以说他聪明一点儿都不为过。

这让我想到人生的三种境界，这些境界不分高低，只是方向不一：第一种，梅长苏的胸怀与谋略眼光，他是苦的，但给别人的是甜的，是最难能可贵的。

第二种，靖王，直接简单，做事光明磊落，堂堂正正，哪怕得罪人也为心中正义而挺身。这是我爸常对我说的，无论你做什么，做人是最重要的，行得正坐得直才能长久，才能获得真诚的朋友相助。哪怕吃亏也不能失掉品格。事儿咱们可以不做，但人不能丢了。这是我最受用的一句话，激励我至今。

第三种，就是高公公，历经生活人生，想得明白，看得清楚，已经很豁达，知道进退，懂得操守，晓得分寸，为人为事不管风云之手如何，都能做到泰然处之。这也是大智慧。

三种人生境界，不分高低，确是三个值得去做的方向，也是三类人的代表。我们身边，生活中不乏这样的，第一种值得获得作为生活事业中的伙伴，第二种值得相交作为朋友，第三种值得敬仰作为导师。

《琅琊榜》，之所以火，也是因为真情真义，赤子之心。当然也有那些配角，比如高公公的过人智慧值得我们学习，揣摩。

把理想推远一点儿

陈亦权

比尔·拉福是美国当代的著名企业家。

比尔从商的志向来自他的父亲，他的父亲在商界打拼多年却始终没有取得什么骄人的成绩。受父亲影响，比尔从小就立志做一位成功的商人，而且他的父亲也认为他做事机敏果断，敢于创新，非常具有商业天赋，所以一直鼓励比尔去读经济或者商贸类大学。

让父亲没有想到的是，比尔在高中毕业后，却来到麻省理工学院学习工科中最基础最普通的机械制造专业。比尔的父亲生气地指责比尔说："你一定是忘记了自己的理想，要知道，你并不是要做一位出色的工人，而是做一位成功的商人，你为什么不读商业贸易，反而要来学机械制造呢？你这不是拉近理想，分明是把理想推得更远了！"

比尔不赞同父亲的观点，他觉得适当把理想推远一点儿是正确的，因为工业商品在商贸中占了绝大多数，如果不具备工科知识，就不能了解产品的性能、生产制造等各方面的情况，将来很难保证在经商中占到优势，更何况工科学习不仅是增强工业技能，还能帮助一个人建立严谨求实的思维能力，培养一种脚踏实地的工作态度，这些素质都是经商所不能缺少的。

听了比尔的解释，他的父亲终于明白了比尔的想法，比尔也得以留在麻省理工学院继续读书，四年的大学生涯，比尔没有拘泥于本专业，他同时还学习了许多化工、建筑、电子等方面的基本知识，毕业后，立志从商的比尔并没有立刻带着这些知识投身商海，而是考入了芝加哥大学继续攻读经济学的硕士学位，这期间，比尔掌握了大量的经济学基本知识，掌握到了决定商业活动正确性的众多因素。

取得学位后，按理说比尔应该可以向理想进发了，可是他不仅没有立刻下海经商，反而进一步把理想推远了。比尔有自己的想法，因为经商必须具备很强的交际能力，要想在商业上获得成功，必须要深知处世规则，善于人际交往，然而这种能力是在任何学校都学不到的，只有在实践中才能磨炼出来，而磨炼这种能力的最佳去处就是政府部门。比尔在政府部门一干就是5年，他也在工作中培养起了深思稳重、沉着冷静的性格。

5年的政府工作结束后，比尔开始慢慢向商业靠近，他应聘到一家公司去熟悉商情与商务技巧，因为表现突出，两年后，公司打算出高薪让他担任副总经理，比尔却辞职了，他意识到自己是时候正式向自己的理想迈开脚步了，随后，他开办了自己的拉福商贸公司，这时，比尔已经35岁。

因为比尔的准备工作充分，在接下来的商务操作中，他几乎能考虑到每个细节，应对一个合格的商人应该应对的一切，并且能够嗅到各种商机，避免各种法律纠纷，他之前所学的每一点知识和所做的每一步准备，都在他之后的商业活动中发挥出了不可忽略的作用，生意进展异常顺利。

也正因如此，在此后短短的25年时间里，比尔的公司从最初20万美元的资产发展到了现在的200亿美元，比尔本人也成为美国商业圈的一个神话人物。

对于比尔的成功，2011年诺贝尔经济学奖得主托马斯·萨金特就曾在一本书中这样评论："急于求成在很多时候往往是欲速则不达，而适当推远理想反而是一种备战人生的最佳方式，比尔所拥有和依赖的，就是这种独特的智慧！"

放下矜持和犹豫

刘志坚

在美国有一项纪录至今没人打破，那就是一个人、在一家公司连续15年守住推销冠军宝座。创造这个纪录的是个叫玛丽的女人。她的制胜法宝就是放下矜持和犹豫，把能量发挥到极限，也就是俗称的“厚脸皮”。

玛丽是美国圣保罗市的一位全职主妇，是四个孩子的妈妈。她的丈夫保罗在一家证券公司工作，收入颇丰。随着孩子们渐渐长大，玛丽对于家庭主妇这个角色开始有些厌倦，看着其他的女性一个个在职场做得风生水起，她不甘心就这样打发一生，决定也出去闯一闯。

对于妻子的想法，保罗并不赞同，他说：“在职场会遇到很多困难甚至是羞辱，需要强大的心理支撑，你的脸皮那样薄，不可能承受的。”但玛丽不以为意，认为只要自己踏实努力，应该能很快打开局面。

她应聘到了美国最著名的缝纫机品牌“胜家”（SINGER），做了一名缝纫机推销员，开始了职场生涯。但是，她的第一次推销，就被兜头泼了凉水。

这天，她来到一个鱼市，打量着来来往往的人，寻找有可能购买缝纫机的潜在客户。来到一个鱼档前，她看到卖鱼的鱼贩穿着的衣服破了，心想衣服破了肯定需要缝补，就向那人推销起了缝纫机。

那个鱼贩正在忙碌，不耐烦地说："你没看见我正在忙着吗？"他不友好的态度，让玛丽很尴尬。可是她不甘心就此罢休，继续小声介绍她的产品。鱼贩火了："滚开，别耽误我做生意，再不走开我就拿水泼你！"玛丽还要再说，那个鱼贩抄起水桶，把满满一桶充斥着鱼腥味的水泼到了她的身上。大庭广众之下，玛丽成了落汤鸡。受到如此羞辱，是玛丽做梦也没有想到的，她感到颜面尽失，含着眼泪羞愧地落荒而逃。

回到家里，玛丽感到万分屈辱，心想："我这是何苦呢？放着养尊处优的太太不做，非要逞强做什么推销员，抛头露面不说，第一次推销就遇上这样没面子的事情，真是太丢人了。"她犹豫着还要不要继续做这份工作。

晚上，她跟丈夫说了自己受到的羞辱，保罗借机劝她还是不要出去了。

玛丽躺在床上思来想去，最后一个念头占了上风：我不甘心做一辈子家庭主妇，不能因为这个小小的挫折就后退服输。也许被客户羞辱就是上帝有意的考验。如果就此停止推销工作，失败和耻辱会缠绕我一生的。

第二天，她打起精神再次来到鱼市，找到那个鱼贩，继续推销缝纫机。鱼贩见她又来了，没好气地说："你这个女人，脸皮怎么这么厚啊？还来纠缠！"玛丽半开玩笑地说："先生，我不是来卖厚脸皮的，我是来卖缝纫机的。您看您的衣服破了，我想您的妻子一定想让您体体面面地面对顾客，所以我想您家里一定需要一台缝纫机，好让您带着她的手艺，光鲜地站在众人面前。"

鱼贩听完玛丽的话，脸上的表情慢慢地温和起来，玛丽趁热打铁，介绍起了公司产品的优点。经过几天的努力，那个鱼贩终于决定购买她的缝纫机，并为自己的行为向她道歉。

玛丽厚着脸皮拿下了自己的第一单生意，这让她的信心倍增。面对各种各样的挑战，她不再矜持犹豫，而是坦然自信地解决。她的业务风生水起，创造了连续15年推销成绩第一的佳绩，成为名扬全美的职场励志名人。

玛丽对记者说："厚脸皮不等于不要脸，而是一种放下矜持和犹豫的勇敢和坦然，只有胸襟广阔，自信智慧的人才能做到，而这些足以改写你的人生。"

趴下，是为了更好地站起

清风慕竹

天授元年（690年），武则天改唐为周，登基做了女皇，她的侄子武承嗣想当太子，结果遭到了地官尚书狄仁杰等人的强烈反对，最终没能如愿。武承嗣对狄仁杰恨之入骨，便勾结侍御史来俊臣诬陷狄仁杰谋反，想置他于死地。做这种事，来俊臣十分拿手，他网罗罪名，在如意元年（692年），将狄仁杰逮捕入狱。

武则天朝，曾实行酷吏政治，来俊臣是酷吏中的酷吏，手段之狠毒，无出其右者。

来俊臣每次审讯时，都会将自己所发明的数十种刑具排列在地上，比如有一种叫作“突地吼”的刑具，上了刑，囚犯就会在地上不住地转圈，很快便会晕倒。另外还有“见即承”“铁圈笼头”等。狄仁杰如今身陷囹圄，当然明白自己的处境，来俊臣一威胁，他便低下了向来高傲的头颅，认罪说：“大周朝革命，万事维新，唐室的旧臣，甘愿听从诛杀，反叛是事实。”来俊臣没想到这事这么容易便办了，长舒一口气，便不再为难他。

狄仁杰主动认罪，此案告一段落，监狱对他的看守也放松了。狄仁杰趁机与看守套近乎，从他那里借了副笔砚，四下无人时，他扯下头巾，在上面写了封信，述说了自己的冤屈和遭受的痛苦，藏在棉衣里，然后恳求狱卒说：“现在天很热了，请通知我的家人来把我的棉衣取走。”

家人拿到棉衣，得到了里边的申诉信，狄仁杰的儿子狄光拿着信去告御状，武则天听说后很奇怪，便召见了他。狄光把书信呈上，武则天看后立刻命人把来俊臣叫来，质问他说：“你说仁杰等已承认犯了反叛罪，那为什么今天他儿子又来诉冤呢？”来俊臣吓了一跳，辩解说：“这样的人哪肯服罪呢？臣让他坐卧休息得十分安稳，甚至连他们的头巾衣带也未去掉。”武则天命令通事舍人周琳去视察，周琳惧怕来俊臣，连看都没敢看，只是唯唯诺诺地答应而已。

来俊臣让周琳暂且留步，随即命判官假冒狄仁杰等写了一份谢死表，签上狄仁杰的名字，让周琳进呈给武则天。武则天更糊涂了，一时无法判断。有一天，她反思觉得凤阁（中书省）侍郎乐思诲死得可能有点儿冤，便召见了他的儿子，此时他正在司农寺当差役。乐思诲的儿子见到女皇，痛哭流涕，讲述了来俊臣如何苛刻狠毒，最后说：“陛下只要把那些称反叛的假状子一一加以对照，就可以看出真假。”武则天命人把那些状子拿来，果然不分大人小孩儿，所有状子都一样。

武则天明白了，于是亲自召见狄仁杰，问他：“你为什么要承认反叛呢？”狄仁杰回答说：“臣熟知法律，知有一条‘一问即承反者例得减死’，我承认谋反，可以减轻罪行，赢得申辩的时间；假如不承认，恐怕早死在来俊臣的枷棒下了，怎能有机会再见到皇上呢？”武则天点了点头，又问他：“那为什么要写谢死表呢？”狄仁杰说：“臣没有写过。”武则天拿出谢死表，这才发现签名等全是假的，于是释放了狄仁杰。狄仁杰官复原职，凭借出众的才能，愈加获得武则天的信任，武则天称他为“国老”，很少直呼其名。

每个人的一生，都不可能一帆风顺，有高潮，也会有低谷，问题在于，无论在什么情况下，都不应放弃。就像狄仁杰，遭人暗算时，顺势趴倒，但趴下不是为了屈服，而是为了更好地站起。正因如此，狄仁杰至今还时常成为影视剧的主角，不仅因为他办案的神奇，更因为他教给了我们成长的智慧。

失败也是一种选项

杨　澜

2015年10月，在电视真人秀《最强大脑》中出现了这样的情景：一位12岁的中国男孩与一位同龄的意大利男孩展开竞争，看谁能用最短时间记住102位新郎新娘的排列顺序，然后用人偶复位。中国孩子用的时间稍短，按照比赛规则由意大利男孩先行报出自己的排列，结果完全正确。就在同时，中国男孩开始低声啜泣，继而号啕大哭，主持人蒋昌建问孩子为什么会哭，他懊恼地哭喊道："我记对了，可是排错了！"他太伤心了，几乎瘫倒在座椅上。在家长和现场嘉宾的百般劝慰下，他终于鼓起勇气，带着哭腔报出自己的排序，结果却是完全正确！因为用时较短，他成为最终胜者。作为观众的我却不由感慨：中国孩子的压力太大了，输不起啊。

在我采访过的人物中，特斯拉电动汽车的发明人伊隆·马斯克曾说过："谁喜欢失败呢？失败是可怕的。但如果毫无风险，就意味着你不过在做一件稀松平常的事！"马斯克的这句话可是真切的体验。

1995年，他用自己和兄弟们凑的1万多美元创业，开办软件公司。31岁时，他已经把一家公司成功地卖给了康柏，另一家卖给eBay（拍卖及购物网站），赚了2000万美元！而他的决定不是从此过上舒服日子，而是把所有资金投入新公司，再度创业。电动汽车和火箭运载在实验过程中失败率很高，马斯克的情绪也随之大起大落，甚至在一个圣诞节前的周日彻夜难眠，几近崩溃！近乎奇迹的是，就在第二天早晨，他接到美国国家航空航天局打来的电话，给了他一个14亿美元的订单。他激动得忘乎所以，对那个打来电话的人大声说："我爱你！"

曾几何时，我们用"赢家""输家"来评判别人、评判自己。我们喜欢聚焦于某些人物的成功并将之神化，而不太在意成功之前之后的许多失败经历。

2015年10月，我采访迈克尔·乔丹，被誉为"飞人"的史上最伟大运动员（不仅是篮球哦）。他曾不可思议地带领芝加哥公牛队获得六次NBA总冠军，带领美国队获得两次奥运会冠军，他自己则获得五次常规赛"最具价值球员"、六次总决赛"最具价值球员"称号。他的传奇经历，连同他扣篮时的吐舌动作都被球迷们津津乐道，他们称他为"披着23号球衣的神"。他的飞跃姿态成为最成功的个人体育品牌，而在收购山猫队（现名黄蜂队）之后，他成为历史上首位职业球员出身的球队大股东，其年收入超过他作为职业球员时收入的总和。但是他却说："我起码有9000次投球不中，我输过不下300场比赛，有26次人们期待我投入制胜一球而我却失误了。我的一生中失败一个接着一个，这就是为什么我能够成功。我从未害怕过失败，我可以接受失败，但我不能接受没有尝试。"

在采访中，他回顾了伤病带给他的肉体痛苦——他伸开双手，我能清清楚楚地看到右手变形的关节；他为圆儿时梦想，曾中途离开NBA去打棒球，在场上被嘘的尴尬经历，让他知道自己不是全能的，但也不会为尝试而懊恼；父亲被枪杀给他带来的精神痛苦则更让他刻骨铭心，在这之后他带领球队获得了那个赛季的NBA总冠军，夺冠后他在休息室的地板上痛哭不已；以及在华盛顿奇才队被质疑、被出局的困惑与挣扎……

面对这一切，他的法宝就是父母从小教育他的那句话：“谁都会遇到倒霉事，你的任务是想办法把坏事变成好事。”

人生如此丰富，岂能用输赢一语概括？除了赢家和输家，难道我们不能做个玩家，在对梦想的追逐中体验一把挑战自我的惊喜与刺激？万一成功了呢？

微软的“小气”与谷歌的“大方”

佚　名

当谷歌膨胀式发展、人才紧缺时，它把目光投向了聚集了全世界精英的微软帝国。在不到一年的时间里，谷歌付出了数倍工资，挖走了超过1000名微软精英员工。而微软相关负责人的表态是，微软不可能出同样的钱来留住这些人，而且世界上有的是人才迫切想要加入微软。之后，流失的员工实在过多，甚至时任微软全球副总裁的李开复也被挖去了谷歌。微软一气之下将谷歌告上法庭，理由是这些员工很多都签有保密协议，请求法庭限制这些员工的就业。微软没有拿出诚意留人也就罢了，还企图砸了原来员工的饭碗。最后这场官司以微软和谷歌的和解草草收场，而微软的声望却受到了巨大打击。

当Facebook崛起后，谷歌面临了同样的问题，Facebook也出10倍的价钱挖谷歌的人。Facebook当时未上市，它的10倍指的不是年薪而是未来五年可能是10倍，事实证明Facebook上市确实能兑现5～10倍的薪酬承诺。那谷歌是怎么做的呢？首先谷歌清楚地知道公司最棒的20%的员工是谁，这些人也是Facebook的挖脚对象。当Facebook给出价钱时，谷歌用同样的价格把他们留住，Facebook出300万美元的时候，谷歌说我也出300万美元，你别走！这是不可想象的，因为一个是未来承诺，一个马上兑现。谷歌采取这个措施后，核心员工基本没有流失。

在谷歌变成今日的巨人之前，微软曾有机会买下谷歌，但盖茨没有将当时那个微不足道的小竞争者看在眼里，他一直说："6个月时间，我们就能战胜它！"如今微软成立已有40年，而谷歌成立了17年，但微软的市值比谷歌少了近800亿美元，也许我们能从它们的"小气"和"大方"中窥得一点儿原因。